Warschau

Een roman uit de Tweede Wereldoorlog

RICHARD G. HOLE

Warschau
Een roman uit de Tweede Wereldoorlog

Richard G. Hole

Tweede Wereldoorlog

KORTE INHOUD

De opstand van het Poolse clandestiene verzetsleger in Warschau was een wapenfeit dat plaatsvond in de Tweede Wereldoorlog en niet zonder belang was.

De nabijheid van de Russische troepen gaf de Polen hoop op succes en ze stonden op in Warschau, vertrouwend op de komst van de soldaten van maarschalk Vatupin.

Drieënzestig dagen lang vochten Duitsers en Polen fel om het bezit van de stad.

Het lot van Warschau werd door de geschiedenis heen gespeeld.

Warschau is een verhaal dat behoort tot de collectie van de Tweede Wereldoorlog, een reeks oorlogsromans ontwikkeld in de Tweede Wereldoorlog

WARSCHAU

HOOFDSTUK I

AAN DE MARGE VAN OORLOG

Het was koud. Aleska trok de kraag van haar zomerjas omhoog en liep door de straten. Mensen die haar passeerden wierpen haar een korte blik toe en vervolgden haar weg. Het begon donker te worden en de nabijheid van de oorlog zorgde ervoor dat in dat jaar 1943 in de stad Warschau iedereen zo snel mogelijk met pensioen ging.

Aleska was klaar met haar werk op het kantoor van de Swiss Washing Machine Company waar haar diensten waren, en was op weg naar de afspraak die ze had gemaakt.

Met haar kruisten ze verschillende Duitse soldaten, verveeld en gedesoriënteerd, die op zoek waren naar een plek om plezier te hebben. Een van hen hield haar tegen en vroeg in gebroken Pools:

'Kun je ons niet vertellen waar we gaan eten?

Aleska haalde haar schouders op en vervolgde haar weg. Uit de rivier kwam een sterke luchtstroom en er steeg een mist op die zich door de nabijgelegen straten verspreidde.

Toen hij een van de Wisla-bruggen overstak, richting Stare Miasto van de bevolking, zag hij een militaire colonne die op weg was naar het station, met een ritmische stap, het hoofd opgeheven en trots zingend.

Aleska huiverde, ineengedoken in haar jas. Ondanks dat het de maand juli was, waren de nachten koel. Het meisje schonk geen aandacht aan de mensen die naar haar keken. Ze was zevenentwintig en was gewend aan dit gebeuren. Lang, welgevormd en slank, haar sportieve en elegante figuur trok de aandacht sinds ze heel jong was. Haar roze gezicht, met klassieke trekken, oefende een levendige aantrekkingskracht uit op de mannen, die nooit ophielden haar diepblauwe ogen te prijzen, noch haar lippen, rood en goed getekend. Haar blonde haar, met een oude gouden tint, was samengebonden in een knot, die haar net een beeldschone uitstraling had gegeven die haar oprechte en vastberaden uitdrukking verbrak.

Hij stak de bruggen over, op weg naar de afspraak die hij had gemaakt. Een gendarme wenkte haar en dwong haar te stoppen. Gewapende soldaten en troepen werden gezien in vrachtwagens.

Aleska liet haar paspoort zien en de gendarme liet haar passeren nadat ze haar had begroet. Hij hoorde een opmerking van een burger over een dode Duitse soldaat en een recente schietpartij. Ik besteed er niet veel aandacht aan, ik voel me alleen bezorgd over de afspraak waar ze naartoe zou gaan en was bang dat het incident haar zou verhinderen.

De oude wijk van Warschau, met zijn donkere, smalle straatjes en vuile gebouwen, zag er niet mooi uit. Maar het meisje ging rustig verder. Eindelijk kwam hij bij een diep en breed restaurant.

Aleska stapte naar hem toe en keek hem aan. De persoon die hij zocht leek er niet te zijn en hij ging aan een tafel zitten en bestelde een kopje zwarte thee. De klantenkring bestond bijna uitsluitend uit Polen, waaronder enkele Duitse uniformen.

De grote toonbank, waarop een enorme koffiepot stond, stond stampvol mensen.

Obers, gekleed in oude kostuums, liepen van tafel naar tafel om de klanten te bedienen. Sigarenrook en het geroezemoes van gesprekken zorgden voor een dikke sfeer.

Plotseling ging de deur naar de straat open en een jonge naam, ongeveer drieëntwintig jaar oud, gekleed in een leren regenjas en bedekt met een slappe hoed, kwam het pand binnen en naderde de balie. Aleska keek hem nauwelijks aan en hield haar thee in de gaten. De man keek om zich heen en leunde toen tegen de toonbank. Hij haalde een sigaret uit een pakje, stak die voorzichtig aan en zwaaide met de lucifer in de lucht.

Enkele seconden later kwam een andere man het restaurant binnen. Hij was lang en sterk en zag er elegant uit. Hij zou ongeveer tweeëndertig jaar oud zijn. Ze droeg een leren jas, nauwsluitend bij de taille, en had blond haar. Zijn voorname gelaatstrekken hadden een stempel van energie en durf, versluierd door een bittere en geconcentreerde uitdrukking. Zijn mannelijke trekken zouden hem altijd hebben doen opvallen als een knappe man. Zijn heldere pupillen hadden een rechte en stevige blik. Zijn gebruinde huidskleur duidde op een man die gewend was aan het leven in de open lucht en iets aan hem verraadde de professionele militair.

Hij liep naar de tafel waar het meisje zat. Hij glimlachte en stak zijn hand uit.

Hallo, Aleska.

Ze antwoordde met trillende rode lippen:

Hallo Stanislas.

De nieuwkomer ging aan tafel zitten en bestelde een drankje. Hij zat met zijn gezicht naar de deur naast het meisje en hield zijn rechterhand begraven in zijn jaszak. De andere man stond aan de balie, in dezelfde positie.

'Sorry als ik te laat ben,' zei Stanislas, 'maar de politie vroeg om documentatie.

Aleska knikte.

“Ik heb ze gezien. Ik was bang dat je niet naar de afspraak zou komen.

De man glimlachte en staarde haar met slecht verborgen tederheid aan.

'Er zouden veel soldaten nodig zijn om te voorkomen dat ik je zou ontmoeten.

Het meisje speelde even met haar sigaret en voegde er toen aan toe:

'Bij God, Stanislas, stel jezelf niet nutteloos bloot.

'Denk je dat jou zien nutteloos is?

Aleska keek even naar beneden. Hij reageerde traag en riep ten slotte uit:

“Onze vriendschap is breed en oprecht genoeg om te begrijpen dat het op een dag onmogelijk voor je kan zijn om te komen.

"Vriendschap?

Stanislas' vraag was zo direct dat het meisje niet wist wat ze moest antwoorden. Toen zei hij weer:

“Ik ben tenslotte een buitenlander.

De Pool knikte.

“Gelukkig ben je een buitenlander en hoef je je als Zwitser niet bij een van beide partijen aan te sluiten. Het is een geluk dat een vrouw in tijden als deze buiten alles kan blijven wat er gebeurt.

Aleska haalde haar schouders op.

'Hoe dan ook, ik ben hier en een vriendschap sluit zich bij je aan.

'Vriendschap? zei Stanislas nog een keer.

Voor de tweede keer antwoordde ze niet. Verandering van gesprek, hem strak aankijkend, vroeg:

‘Als dit voorbij is, wat ben je dan van plan te doen?

Hij haalde zijn schouders op.

“Allereerst weet ik niet of dit ooit zal eindigen en of ik nog zal leven. Maar ik kan je verzekeren dat ik geen plannen meer heb voor de toekomst. Ik geloofde dat de omstandigheden mijn leven niet konden verkorten. Kapitein Stychel van de Poolse cavalerie was zeker van zichzelf. Toen brak de oorlog uit en moest ik mijn speerwerpers aanvoeren tegen de Duitse tanks. Ik had nooit geloofd dat de omstandigheden me in deze situatie zouden brengen. Nee, ik maak geen plannen. Ik leef bij de dag en morgen zal Stanislas Stychel doen wat de omstandigheden dicteren.

Aleska aarzelde even.

'Als je wilde, zou ik een middel voor je kunnen regelen om Polen uit te komen en naar Zwitserland te gaan. Daar kon je je leven weer opbouwen of marcheren met Anders' troepen.

Hij ontkende met zijn hoofd.

“Ik volg mijn geluk, zonder plannen te maken. De realiteit van vandaag overheerst.

HOOFDSTUK II

BEWAKEND

Het Komandatur-gebouw, een van de grootste en oudste gebouwen in Warschau, werd omringd door auto's. De troepen die buiten het gebouw op wacht stonden, leken nerveus en rusteloos. Er waren te veel categoriemanagers die in staat waren een vervelend detail op het uniform van een soldaat te ontdekken en hem een seizoen van arrestatie te beschuldigen. Net als goede veteranen hadden ze geraden dat deze dag vervelend zou worden, en ze poetsten hun kleding en metalen emblemen totdat ze glinsterden. De goed geoliede laarzen zagen eruit als een receptie.

Met hun helmen vastgehouden door de kinriem, bleven de soldaten onbeweeglijk, geweren op hun schouders, terwijl belangrijke figuren binnenkwamen en vertrokken.

Er stopte een veldwagen, bestuurd door een stevige soldaat met een zon-en-sneeuwgeslagen gezicht, met de emblemen van de stormtroopers. De soldaat sprong op de grond en opende de deur. Een lange, slanke officier, met een gedistingeerd voorkomen en onberispelijk uniform, verscheen, gevolgd door een andere, jongere en sportief ogende officier.

De eerste officier beantwoordde de krijgsgroet van de chauffeur en ging op weg naar het hoofdkwartier. Zijn laarzen glinsterden en het uniform was goed gesneden en afgestemd op zijn atletische figuur. Op zijn schoudervullingen droeg hij de emblemen van een luitenant-kolonel. De gevlochten muts bedekte zijn blonde haar en overschaduwde zijn verweerde gelaat met energieke en viriele trekken. Zijn kaak leek agressief en dominant. Zijn grijze pupillen hadden een hooghartige, rechte blik. Er liep een litteken van zijn slaap naar zijn kin, een herinnering aan een gevecht. Hij was pas dertig jaar oud en voerde het bevel over het stootbataljon dat in Warschau was gestationeerd. Zijn naam Peter von Ritcher, vertegenwoordigde die van een oude familie van

Pruisische jonkers, allemaal militairen, en ook die van een held van alle campagnes die door het Duitse leger in die oorlog werden uitgevoerd. Hij was de luitenantoorlog begonnen, maar hij onderscheidde zich al snel en ontving medailles en wonden. Promoties waren snel, maar zijn karakter veranderde niet in het minst, en net zoals luitenant von Ritcher een van de meest opgewekte en elegante officieren in de Berlijnse samenleving was geweest, was luitenant-kolonel von Ritcher nog steeds op het veld, zijn goed verzorgde kleding en aristocratische manieren. Het bataljon dat hij aanvoerde zou hem naar de hel zijn gevolgd en er was geen soldaat die niet trots was hem te gehoorzamen. Luitenant-kolonel von Ritcher was nog steeds op het veld en behield zijn goed verzorgde kleren en aristocratische manier van doen. Het bataljon dat hij aanvoerde zou hem naar de hel zijn gevolgd en er was geen soldaat die niet trots was hem te gehoorzamen. Luitenant-kolonel von Ritcher was nog steeds op het veld en behield zijn goed verzorgde kleren en aristocratische manier van doen.

Hij werd gevolgd door zijn assistent-kapitein, Schulz, drieëntwintig, die nog maar een cadet was toen de gevechten uitbraken. Maar hij had een goede run gehad en was tevreden.

Een stafofficier begroette Peter in het gebouw. Von Ritcher nam zijn pet af en vroeg:

“Hebben ze me gebeld om me op de hoogte te stellen van de overdracht?

'Nee meneer. Dit is een belangrijke vergadering. De generaal wacht op u.

Peter trok een grimas en ging een grote kamer binnen, bedekt met stadsplattegronden en waar de hoofden van alle garnizoenseenheden zich hadden verzameld. Ritcher stond recht tegenover zijn generaal, een man van middelbare leeftijd, recht en nors. Toen hij eenmaal zat, terwijl generaal Schellenberg zich voorbereidde om te spreken, bekeek Peter de verzamelde kolonels en luitenant-kolonels. Naast de generaal zat een gezette officier met een zuur gezicht. Het was kolonel Haller, hoofd van de politie. Aan de andere kant zat een majoor met een grijs gezicht en een lege ogen, gekleed in het uniform van de Generale Staf.

Het was majoor Gentzel, hoofd van de geheime dienst, belast met het onderhouden van de cohort van spionnen, tegenspionnen, provocateurs en vertrouwelingen, verspreid over Warschau.

De generaal schraapte zijn keel en begon te zeggen:

"De situatie van de oorlog aan het oostfront is niet de meest veelbelovende voor ons. Russische troepen rukken op naar Polen en het is te verwachten dat naarmate ze dichter bij Warschau komen, de situatie hier moeilijker zal worden. De troepen van het clandestiene leger zullen klaar staan om in opstand te komen zodra de Russen ver genoeg weg zijn om hen te helpen. We weten dat ze veel materiaal per vliegtuig hebben ontvangen en dat er grote bezorgdheid bestaat onder de elementen van het clandestiene leger. Aan de andere kant wordt deze rusteloosheid geraden in de omgeving. Generaal Bor-Komorowski, de Poolse leider, moet zich voorbereiden op een opstand. Het is te verwachten dat aanvallen en sabotageacties zullen toenemen.

"Onze situatie, zo dicht bij een naderend front, maakt ons het middelpunt van de communicatie. We moeten echter voorkomen dat sabotage en aanvallen het transport van troepen, voedsel of munitie kunnen belemmeren. Kijk onvermoeibaar en houd je kracht klaar voor elk evenement.

"In het geval van een opstand, zou elk een sector van de stad worden aangewezen, met uitzondering van luitenant-kolonel von Ritcher, die met zijn eenheid zou marcheren naar de plaats van het grootste gevaar of waardoor het nodig was om aan te vallen. Maar we zullen allemaal het oude gedeelte van de stad verlaten om ons terug te trekken naar de buitenwijken. Dan zouden we de bevolking in rekening brengen. We zijn niet geïnteresseerd in het achterlaten van verzetshaarden die ons aantal zouden verminderen en tot nutteloze opofferingen zouden leiden. 'De generaal zweeg even en voegde eraan toe,' zal majoor Gentzel u toespreken.

De ondoorgrondelijke officier stond op en begon te zeggen:

“De agenten en vertrouwelingen die we hebben onder de Poolse clandestiene troepen vertellen ons dat er veel activiteit onder hen is. Gebeurtenissen worden van het ene op het andere moment verwacht en ze hebben talloze wapens ontvangen. Generaal Bor-Komorowski lijkt in Warschau te zijn, maar we hebben nog niets bereikt. We zijn ook geïnteresseerd in het lokaliseren van een Poolse kolonel met de bijnaam 'SS-kolonel'. Dit zijn de gegevens die we hebben en die bevestigen dat van het ene op het andere moment, afhankelijk van de gebeurtenissen in de oorlog, de opkomst van de clandestiene troepen zich zal ontwikkelen.

Majoor Gentzel zweeg en de generaal zei, ter afsluiting van de vergadering:

“Ze zullen tijdig de orders ontvangen die ze moeten opvolgen. Drie keer per dag zullen ze contact opnemen met dit Commando om hen te waarschuwen voor nieuws. Goedemorgen.

De agenten stonden op en maakten zich klaar om te vertrekken. Ritcher naderde de generaal en hield zich in evenwicht. Hij glimlachte en stak zijn hand uit.

"Hallo, Peter", zei hij vertrouwd. Al durf ik je nauwelijks met zoveel vertrouwen te behandelen. U bent nogal een luitenant-kolonel. Heb je een brief van je vader gehad?

'Ja, mijn generaal. Hij voert nog steeds het bevel over zijn legerkorps in Rusland. Ik zou daar graag teruggaan, meneer.

Schellenberg schudde zijn hoofd.

“Ik heb je verzoek gezien, maar ik kan er niet aan voldoen, Warschau, je hebt het al gehoord, het is van groot belang voor ons. Dit is bijna de voorkant en ik wil je hier graag hebben. Je hebt je gespecialiseerd in slagen en openingen. Je bent een praktische officier in gevaarlijke operaties en dit wordt precies het soort oorlog dat je kent. Nee, Peter, je zit niet achterin.

Ritcher zuchtte.

'Zoals bevolen, mijn generaal. Maar ik hou er niet van om politieagent te zijn.

Kolonel Haller, die het gesprek had afgeluisterd, riep uit:

'Binnenkort is het geen zaak van de politie, Ritcher, maar van de soldaten. Merk je niets vreemds op in de omgeving?

Pieter knikte.

HOOFDSTUK III

ONDER DE SCHADUW VAN DE NACHT

Warschau rustte onder de bewolkte hemel. De maan had zich achter de wolken verstopt en een dikke duisternis hing over de stad. In de verte, richting de Russische grens, strekten zich de oorlogswegen uit en 's nachts fluiten de treinen met troepen.

Aan de rand van Warschau, uit de weg gevolgd door de patrouilles, lag een dicht, dicht bos. De paden dwongen ons om in één rij te marcheren, of verspreid door de bomen. Het was gemakkelijk om in een hinderlaag te lopen, maar zo nu en dan klommen Duitse troepen op hem af, op zoek naar partizanen of voortvluchtigen.

Drie mannen verschenen op de grond, geweren op armlengte afstand. Hun burgerkleding verraadde hen als leden van het Poolse clandestiene leger.

De drie mannen zwegen en staarden in de verte. Iets verder weg stonden drie anderen achter een dikke eik op wacht.

De wachtposten werden verlengd, zodat ze alarm konden slaan bij gevaar.

In het bos doemden de contouren op van een groot en somber gebouw. Het zag eruit als een verlaten boerderij. Bij de deur liepen twee mannen met machinepistolen op hun armen zwijgend heen en weer, op zoek naar enig teken van gevaar.

Een groot aantal mannen had zich in het gebouw verzameld. De kamer, verlicht door petroleumlantaarns, leek hermetisch afgesloten, zonder dat de schittering van de verlichting door een enkele opening sijpelde.

De mensen die daar samenkwamen waren van zeer verschillende omstandigheden. Sommigen waren ouder, stoer en vastberaden, alsof het fabrieksarbeiders of boeren aan de rand van Warschau waren. Anderen zagen eruit als werknemers van verschillende bedrijven. Een viel op door zijn elegante kleding en gedistingeerde manier van doen.

Over hun jassen en regenjassen droegen ze patroongordels en op hun schouders droegen ze een geweer of een machinepistool.

Anderen waren jong en krachtig, en sommigen, in aanzienlijke aantallen, bijna kinderen. Maar ze hadden allemaal vastberaden en energieke uitdrukkingen.

In het midden van de kamer stonden drie mannen. Een van hen was Stanislas Stychel. Rechts van hem stond Noraczewski en links van hem een geharde, grijsharige man. Hij was een voormalig onderofficier van de Ulanen, een metaalbewerker tijdens de vrede. Het wordt Dmowaki genoemd.

Hij kondigde aan, met een stem die gewend is te bevelen:

'Kolonel S. S, gaat ze bekijken. Bereid u voor.

Toen knikte hij naar zijn meerdere.

"Dank u, majoor.

Stanislas benaderde de mannen en onderzocht de wapens. Met een natuurlijk gebaar toonden ze hem het geweer of het machinepistool en vervolgens de uitrusting die ze bezaten. Stychel corrigeerde de gebreken die hij vond of feliciteerde de man wiens wapens in orde waren.

Volgens de observaties van de kolonel berispte Dmowaki de bedrijfsleiders.

Stanislas herinnerde zich om de een of andere reden de verandering in zijn leven in die jaren. Tijdens de korte maar verbluffende campagne van Polen had hij onderofficier Dmowaki ontmoet, een vrijwilliger vanaf het eerste uur. Zijn gedrevenheid en vastberadenheid maakten indruk op hem. Later, toen het leger werd verslagen en uiteengedreven, toen de organisatie van de clandestiene troepen begon, die aanvankelijk slechts groepen wanhopige mensen of plunderaars waren, slaagden ze erin de onderofficier weer te vinden. Stukje bij beetje wonnen beiden in afstuderen en ervaring. Toen was Dmowaki ouder en zijn tweede bevelhebber van die groep jagers.

Het langverwachte uur van de opstand tegen de bezettingstroepen leek naderbij te komen. Maar er was maar één wolk in de ziel van Stanislas. De opstand kan een slechte afloop hebben of het kan een avontuur zijn waarin niemand wist wat het blootlegde. Wat zou er van Aleska worden?

Hij streek met zijn hand over zijn voorhoofd om die gedachten af te weren. Alleen de plicht zou voor hem van belang zijn. De rest had hij niets met hen gemeen. Ze waren leden van een leger en in hun discipline moesten ze leven.

Nadat hij de troep had bekeken, stond hij in het midden en bekeek zijn ondergeschikten.

"Jongens", begon hij te zeggen, "weet je, want je kunt aan de atmosfeer zien dat de Russische troepen oprukken naar Polen. Het hart van ons vaderland is Warschau, en we zijn geïnteresseerd om het zelf te bezetten voordat zij dat doen. Daarom, als ze de Poolse grens naderen, zullen we gewapend opstaan en de hoofdstad bezetten. Dan zullen we alle partizanen van Polen verzamelen om een nieuw leger te vormen. Het uur nadert. Wees voorbereid. Gedurende deze tijd zullen daden van sabotage en aanvallen kunnen toenemen.U heeft bijna allemaal ervaring in deze zaken, maar u moet het grondiger weten.

Er viel een lange stilte en even later stapte een magere man in een bontjas naar voren.

"U spreekt, kapitein" nodigde Stychel uit.

"Mijn kolonel, we hebben geweren en lichte automatische wapens, die erg handig zullen zijn voor aanvallen en man-tegen-man-gevechten. Maar in het geval van een opstand hebben we zwaar materieel en bijbehorende wapens nodig. Ik neem aan dat u hier al over heeft nagedacht, maar ik voel dat het mijn plicht is om dat te zeggen.

Stanislas knikte.

"Het is gepland. Deze bewapening bestaat en alles is op het juiste moment klaar voor distributie. Onthoud dat je gemaakt bent om te leren hoe je ermee omgaat.

De kapitein boog zijn hoofd en antwoordde:

'Duizendmaal dank, mijn kolonel.

Stychel ging verder met te zeggen:

“Het garnizoen van Warschau bestaat niet, zoals lang geleden, alleen uit openbare ordetroepen en politie. Het Duitse commando, dat hun vak kent, heeft de moeilijke situatie begrepen waarin een Russische opmars hen zou plaatsen en heeft het versterkt met frontlinietroepen, waaronder een ervaren en ervaren schokbataljon. Dit is degene die ons de meeste zorgen zou moeten maken. Het zijn mannen die gewend zijn aan melee- en verrassingsaanvallen. In een stad zouden ze vechten met hetzelfde voordeel als wij. Aan de andere kant heeft hun baas, luitenant-kolonel von Ritcher, een gevestigde reputatie als dapper en gedurfd. Het lijkt erop dat hij zijn troepen leert de stad grondig te leren kennen, zodat niets hen kan teleurstellen. We moeten voorzichtig zijn met die man. Probeer hem meteen te herkennen.

Een andere officier stapte naar voren.

‘Hoe kunnen we dat doen, mijn kolonel?

“Zijn naam is Peter von Ritcher. Het zal iets jonger zijn dan ik. Lang, sterk en sportief. Hij is een serene man, die nooit de uitdrukking op zijn gezicht verandert. Probeer om getuige te zijn van de training van zijn troepen of de wisseling van de wacht. Het is er altijd. Graveer zijn gelaatstrekken in het geheugen, voor wanneer het bevel wordt gegeven om hem te onderdrukken.

Ze knikten allemaal zwijgend. Door de geesten van de mannen die daar verzameld waren, ging het beeld van zichzelf vechtend in het midden van de straat en vechtend tegen de indringers door.

Stanislas voegde toe:

'Ga nu terug naar jullie huizen en wees voorbereid.

HOOFDSTUK IV

SENTIMENTEEL INTERMEDIUM

Op zondag scheen een zomerzon.

De bomen hieven hun groene takken naar de hemel. Niets leek erop te wijzen dat de troepen ver weg met elkaar aan het vechten waren en elkaar aan het doden waren. Slechts af en toe was er een ver, gedempt gemompel. Het waren kanonnen van zwaar kaliber.

Stanislas en Aleska liepen door het bos, keken elkaar aan en lachten. Ze hadden besloten om die zondag uit Warschau te vertrekken en op het platteland te gaan rusten.

Aleska glimlachte terwijl ze naar het panorama keek.

"Het is heel anders dan Zwitserland", zei hij.

Stanislas knikte.

“Polen is anders dan alle andere landen eromheen. Wellicht alleen naar de grensgebieden van Oost-Pruisen en Rusland. Maar het is anders. Het heeft iets dat ons ook anders maakt.

Het meisje knikte.

'En waar gaan we eten?

“Er is hier een hostel in de buurt, waar we ons prima zullen redden.

Aleska aarzelde even.

"Zou het niet beter zijn om op het platteland te gaan eten?

Maar hij drong aan.

“Daar zullen we beter zijn.

Ze volgden een moment in stilte, alsof ze geërgerd was door de koppigheid van de jongeman. Even later glimlachte het meisje.

“Ik ben ervan overtuigd dat we het heel goed zullen doen.

Hij knikte.

“Poolse gerechten zullen je vast vreemd zijn, maar ze zijn daar heel goed gekruid. En als je in Polen blijft, moet je ze leren aardig te vinden.

Aleska lachte.

"Gelukkig zijn ze Zwitsers in het pension en blijven we thuis eten.

De jonge man zweeg even.

'Thuis' herhaalde hij.

Plotseling zag men een Duitse gemotoriseerde colonne de weg oprijden. De soldaten zongen, zittend in de voertuigen. Stanislas bekeek ze zwijgend en bijtend op de woorden riep hij uit:

'We zullen je binnenkort uit Polen schoppen.

Aleska draaide zich verbaasd naar hem om. Stychel glimlachte, alsof hij hem wilde laten vergeten wat hij had gezegd.

Ze waren al bij de parador, een oud gebouw genesteld tussen een paar bomen, niet ver van de weg. De eigenaar, een vastberaden en glimlachende oude vrouw, installeerde ze àan een tafel en bereidde zich voor om ze eten te serveren. De ober kwam snel.

Onder de klanten bevonden zich een paar Duitse officieren en enkele soldaten die met een paar meisjes aan het kletsen waren.

Stanislas zweeg. Ze dronken een paar glazen sterke drank en toen werd het eten geserveerd. De twee jonge mannen lachten en praatten geanimeerd, alsof er niets aan de hand was. Maar je kon aan hun houding zien dat er iets tussen hen was gekomen. Zowel Stanislas als Aleska leken bezorgd en nerveus, deels onbewust van elkaars gezelschap.

Plots stelde Stanislas voor:

'Laten we gaan wandelen, oké?

De twee jonge mannen liepen zwijgend de herberg uit. Stanislas stak een sigaret op en staarde naar de groene vlakte die zich in de verte uitstrekte. Er waren alleen weilanden, weilanden en bomen rondom de huizen. Maar zijn mannen en groepen partizanen die de Duitse troepen lastigvielen, verstopten zich erin.

Toen draaide hij zich om en keek naar Warschau. De daken van de gebouwen rezen naar de hemel. De bekende koepels van de Sint-Janskathedraal staken boven alle andere uit.

Dit zou zijn slagveld worden.

Hij wendde zich tot het meisje en realiseerde zich dat ze naar hem keek. Die blauwe ogen raakten haar hart. Hij voelde weer de opwinding die hij had ervaren op de eerste dag dat hij Aleska had gezien.

Ze had misschien kunnen raden wat hij voelde, want ze glimlachte en legde haar hand op de arm van de jongeman.

Stanislas pakte zijn hand en riep uit:

'Aleska, ik weet niet wat er gaat gebeuren.

'Omdat je dat zei?

Hij haalde zijn schouders op.

"Oorlog is een avontuur en niemand weet hoe het zal eindigen.

Na een korte pauze, alsof ze de woorden goed wilde benadrukken, voegde het meisje eraan toe:

'Maar je bent niet in de oorlog. Deze is voor jou geconcludeerd.

Hij leidde het gesprek af.

"In Polen is er oorlog en het is niet gemakkelijk om te weten wat er gaat gebeuren. Er is dus één ding dat ik u graag wil laten weten voor het geval er iets gebeurt.

Aleska hief haar hoofd op, tussen nieuwsgierig en bang.

"Wat is het?

Stanislas schudde de hand van het meisje steviger en zei toen:

"Aleska, het is niet moeilijk om te beseffen wat er met me gebeurt. Ik ben verliefd op jou geworden.

Aleska fixeerde haar blauwe pupillen op hem, vol tederheid.

"Dat is waar?

"Ja, Aleska" antwoordde hij, naderbij komend. Ik hou van je met heel mijn ziel.

Het meisje keek hem zwijgend aan, hief haar armen op en mompelde:

"Stanislas, mijn liefste.

Ze omhelsden elkaar hartstochtelijk, terwijl ze haar hoofd op de schouder van de jongeman legde. Stychel kuste haar wangen en mompelde:

“Ik zou je het beste van de wereld willen bieden en ik kan niet zeggen of denken over de toekomst.

Het meisje kuste hem op de mond en voegde eraan toe:

"Praat niet over de toekomst. Je hebt gelijk. Oorlog is een onzeker avontuur.

Samen keerden ze terug naar de herberg. Ze bleven aan tafel zitten, keken elkaar in de ogen en glimlachten. Hun handen waren aan elkaar verbonden en alles was hen vreemd.

'Gelukkig,' zei de jongeman opnieuw, 'behoor je tot een neutrale natie en dit kan je niet beïnvloeden.

Ze berispte hem liefdevol:

“We hebben besloten om helemaal niet te praten over de toekomst of de huidige omstandigheden. Onthoud het.

De jongeman knikte en zijn pupillen verhardden zich plotseling. Instinctief volgde ze Stychels blik. Noraczewski was in een kleine auto bij de herberg aangekomen. Glimlachend liep hij naar de tafel en begroette de twee jonge mannen.

'Wat een toeval om je hier te vinden,' zei hij.

Stanislas knikte.

"Hoe gaat het?

“Ik ben gekomen om een neef van mij te zoeken en ik keer terug naar; Warschau. Als je wilt, neem ik je mee.

Stylel knikte.

HOOFDSTUK V

VOOR DE REALITEIT

Op een teken van majoor Gentzel deed de verpleger de deur open. De militair glimlachte lichtjes en stond op, zijn hand uitstrekkend.

'Ga zitten, juffrouw.

Aleska bedankte en gehoorzaamde. Het kantoor van de chef van de geheime dienst was schemerig. De straat was nog steeds druk met voorbijgangers en toeschouwers. Maar zelfs in die kamer was alles versluierd en verborgen, alsof het mysterie waarin ze werkten hen van de wereld afzonderde.

Majoor Gentzel veegde een spikkeltje van zijn nette uniform en vroeg toen:

'Wilde je me zien?

Aleska nam even de tijd om te antwoorden.

'Ja' zei hij uiteindelijk. Ik moet u belangrijke rapporten bekendmaken.

Gentzel haalde een pagina en een pen tevoorschijn en maakte zich klaar om ze op te schrijven.

'Zeg, juffrouw. Ik zal zelf de aantekeningen maken. Ik wil niet dat iemand haar hier ziet. U doet heel nuttig werk.

Aleska draaide zich om, keek naar de eenvoudige meubels in dat kantoor en zei tegen zichzelf dat dit de realiteit was. Het was alleen die eenvoudige en strakke kamer die telde.

'Ik weet dat de clandestiene troepen iets belangrijks voorbereiden.

Gentzel knikte en voegde eraan toe:

“We gaan in delen. Allereerst, hoe weet je dat?

Zij, met een onbewogen gezicht, legde uit:

“Ik was de hele dag in het gezelschap van Stanislas Stychel. We spraken en hij gaf me te begrijpen dat er gebeurtenissen zouden komen.

Gentzel maakte een paar aantekeningen en vroeg opnieuw:

"Wat voor soort? Het kunnen aanvallen zijn of een heropflakkering van sabotagedaden.

Zij schudde haar hoofd.

“Ik ben geneigd te geloven dat het om iets van groter belang gaat.

Gentzel knikte.

'Een opstand dan? Interessant.

"Denk eraan", onderbrak Aleska, "dat is maar een indruk van mij.

“Uw feedback is altijd erg nuttig geweest. En het idee van een opstand is niet onredelijk.

"Er is nog iets", vervolgde ze, verwijzend naar Stanislas' interesse om in die herberg te blijven en de onverwachte verschijning van Noraczewski om hem naar Warschau te brengen.

Gentzel stak een sigaret op, nadat hij Aleska er nog een had aangeboden, en zweeg even.

'Deze gegevens zijn interessant,' zei hij ten slotte. Via een ander kanaal hadden we het vertrouwen dat de komst van een belangrijke chef werd verwacht. Al weten we niet precies welke baas degene is die arriveert. We weten niet of het generaal Komorowski of kolonel SS is. "Hij pauzeerde opnieuw en vroeg toen:

"Je hebt geen idee?

Aleska schudde haar hoofd.

'Nee, ik heb deze kolonel ook niet kunnen identificeren.

Gentzel friemelde even met de pen en riep toen uit:

'Natuurlijk is het maar een berekening, of liever een aanname, maar zou de SS-kolonel niet je vriend Stanislas Stychel kunnen zijn? Het heeft dezelfde initialen.

Aleska, onverstoorbaar, haalde haar schouders op.

"Ik negeer het.

'Nou, we laten je toch gaan, en jij probeert erachter te komen wat je kunt. Zijn werk is nog steeds even schitterend als altijd.

* * *

Aleska dronk in haar appartement de kop zwarte thee op die ze voor het avondeten had besteld en strekte zich uit op het bed. Hij wilde gewoon zijn ogen sluiten en wachten tot de gebeurtenissen zich zouden ontvouwen. Zijn wil voor niets, telde hij, gedreven door twee verschillende krachten, zoals plicht en liefde.

Ze was naar Warschau gekomen als agent van de geheime dienst van haar land, en deed zich voor als een Zwitser. Hij had in dat land gestudeerd en kreeg toen, via de geheime dienst, een baan in Luzern. Daar was hij zijn carrière als agent begonnen. Ze was eigenlijk een spion. Nooit eerder was het beruchte woord herhaald, maar op dat moment besefte hij wat het werkelijk was.

Toen het conflict uitbrak, wilde ze Duitsland op de een of andere manier dienen en het leek haar dat het niet genoeg was om als verpleegster of als telefoniste voor de strijdkrachten te werken. Er waren veel vrouwen die het konden. Maar ze behoorde tot een familie van soldaten en wilde als een van hen dienen. Hij was niet bang en hij was slim. Aangeboden aan de Abwehr.

Haar familieleden hadden haar afgeraden dit te doen, maar ze was onvermurwbaar. Toen ze eenmaal was toegelaten, herinnerden diezelfde familieleden, allemaal soldaten, haar eraan dat plicht boven alles een persoonlijke overweging was. Vanuit Zwitserland, nadat hij een spionagebende had ontdekt, ging hij naar Frankrijk en vervolgens naar de Balkan. Uiteindelijk stuurden ze haar naar Warschau met de taak alles te ontdekken wat met het clandestiene leger te maken had.

Ze hadden hem Zwitserse documentatie gegeven en een baan bij een Zwitsers bedrijf om de schijn in te dekken. De rest was in zijn handen. Majoor Gentzel kende haar al lang en had veel respect voor haar.

Het liet hem ook volledige vrijheid in zijn bewegingen en herinnerde hem eraan dat hij altijd had weten te slagen. Met de rapporten die de Abwehr had verstrekt, raakte Aleska betrokken bij de Nationalisten.

De strijd werd opgericht in dezelfde omstandigheden. Als ze een agent was die haar persoonlijkheid verborg, verstopten ze ook die van hen, en terwijl ze zich voordeden als eenvoudige werknemers of arbeiders, verstopten ze het aanvalswapen in hun huis, wachtend op het moment om de vijand aan te vallen. Er waren voortdurend sabotagedaden en aanslagen. Aleska had er geen moeite mee om te vechten tegen die burgers die de oorlog hadden verklaard aan de soldaten van hun thuisland.

Op een dag ontmoette hij Stanislas Stychel. Hij vermoedde dat hij een belangrijk personage in de vijandelijke gelederen was en raakte intiem met hem. Stanislas verborg zijn mening niet.

Maar toen ze intiem werden, realiseerde Aleska zich, hoewel ze het niet wilde toegeven, dat ze verliefd werd op die man. Hij vocht wanhopig tegen dit gevoel.

Hij begreep het, hij hield ook van haar. En die middag hadden ze hun liefde voor elkaar bekend.

Hij had hem moeten zeggen dat hij niet van hem hield, maar hij miste de kracht om dat te doen. En toch had hij hem opnieuw verraden aan zijn superieuren.

Misschien zou majoor Gentzel besluiten hem gevangen te nemen, en dan, met zijn verklaring, zou hij worden opgenomen in een gevangenkamp of misschien als sluipschutter worden neergeschoten.

Hij bedekte zijn voorhoofd met zijn handen. Wat zou ik kunnen doen? Zou het beter zijn geweest als ze zich van Stanislas had afgescheiden, hem haar had laten vergeten, om een ander lot te vragen? Dit zou gelijk staan aan overlopen. Of had ze moeten zwijgen over wat hij haar onthulde?

Dat zou neerkomen op verraad. Wanhopig begroef ze haar gezicht in het kussen en barstte in tranen uit.

HOOFDSTUK VI

VOORBEREIDENDE WERKZAAMHEDEN

Stanislas liep door de smalle gang, geleid door een lange, gespierde man in zijn leren regenjas. Hij moest zijn documentatie laten zien en het wachtwoord geven om doorgelaten te worden.

Eindelijk kwamen ze bij een grote kelder, bij de deur waarvan twee mannen in burgerkleding met automatische wapens de wacht hielden.

Stychels escorte groette het hoofd van de wacht en kondigde aan:

"Kolonel SS

Het hoofd van de bewaker controleerde de identiteit van de nieuwkomer en glimlachte toen verontschuldigend:

“Je moet veel voorzorgsmaatregelen nemen.

'Ik begrijp het,' zei Stanislas.

Kort daarna ging hij een grote, slecht verlichte kelder binnen. Verschillende mannen hadden zich daar verzameld.

Ze waren allemaal gekleed in burgerkleding, droegen jassen met bontkragen, gerafeld door gebruik, of leren regenjassen. Allemaal vertoonden ze de tekenen op hun gezicht van een actief en intens leven, vol gevaren. Jong of van middelbare leeftijd, ze hadden allemaal het harde gebaar en de rechte, vlammende blik gemeen.

Hun kleding paste soms ook niet bij de gedistingeerde trekken van hun gezicht. Velen van hen, die sjofele pakken droegen, hadden elegante trekken.

In het midden stond een magere man, met een gebruinde huid en licht haar, een koele, koele uitdrukking en een vastberaden uitstraling. Het waren generaal Bor-Komorowski en de mannen die zijn staf vormden, voor het grootste deel hoofden van de eenheid.

Stanislas ging op een la zitten, precies zoals hem was opgedragen. De generaal stond op en schraapte zijn keel. Toen zei hij:

“Omstandigheden kunnen ons helpen of pijn doen, afhankelijk van hoe we ons gedragen.

Zijn droge, heldere stem zorgde voor een golf van enthousiasme bij zijn volgelingen. Die man was een professionele militair. Toen de invasie van Polen uitbrak, was luitenant-kolonel een obscure regimentsleider geweest die vergeten was tussen de honderden eenheden die aan het dubbele front vochten tegen de Duitsers en de Russen.

Aan het einde van de campagne slaagde hij erin te ontsnappen naar de gevangenkampen en begon hij de clandestiene strijd voor te bereiden. Beetje bij beetje gaven zijn heldendaden zijn figuur een aura van heldhaftigheid, en de regering in ballingschap in Londen kreeg nieuws over het bestaan van kolonel Bor-Komorowski. Hij kreeg het bevel over de strijdkrachten in Warschau. opeenvolging van ontsnappingen en heldhaftigheid, totdat de twee groepen die in dat gebied opereerden, herenigd werden.

Noch zijn figuur, noch zijn uiterlijk impliceerden zijn moed en zijn vastberadenheid.

"We hebben" gezegd "specifieke orders om op de Russen te anticiperen en Warschau te veroveren om een Pools leger naast de geallieerde troepen te presenteren. Generaal Anders' troepen zouden naar Polen worden getransporteerd. Maar we moeten handelen voordat de Russen de Poolse grens oversteken. Daarom heb ik besloten dat we in opstand komen tegen de bezettingstroepen.

Er was een beweging van enthousiasme onder degenen die naar hem luisterden. Geen van beiden dacht aan de gevaren waarmee hij te maken zou krijgen. Als de generaal het beval, zouden ze de Komandatur aanvallen op de weg naar buiten.

"We hebben materiaal in overvloed" vervolgde Bor-Komorowski "en met voldoende vrijwilligers. Vermoedelijk zal een groot deel van de bevolking zich bij ons voegen als ze eenmaal boven zijn, dus het is belangrijk om wapens voor hen te hebben. We moeten niet denken aan de Duitse wapendepots, aangezien generaal Schellenberg zijn regelingen zal treffen voor het geval we de stad overnemen. Op de dag van de opstand "die na een pauze wordt voortgezet", zullen de partizanen die in de buurt van de stad opereren zich in Warschau verzamelen. De rest moeten hun strijd tegen de vijandelijke troepen intensiveren, om te voorkomen dat versterkingen het garnizoen te hulp komen.

“Ook zullen tijdens de resterende dagen enkele groepen verschillende acties ondernemen, gericht op het belemmeren van de onderdrukking van de opstand. Ik zal u specifieke bevelen geven, maar ik kan u zeggen dat een van deze daden de aanval op de chef van het Duitse leger is. 'Hij zweeg weer en voegde eraan toe:' Hij walgt net zo van mij als jij, maar hij moet vernietigd worden. Het gaat over luitenant-kolonel von Ritcher. Uw troepen zijn zeer effectief geweest in de achtervolging van onze mannen en dit moet worden voorkomen. Ik denk dat kolonel S, S. de leiding zou moeten hebben over deze groepen.

Stanislas knikte.

'Ik zal alles doen wat u beveelt, meneer de generaal.

Bor-Komorowski vervolgde:

“De datum van de opstand is 1 augustus. Ons doel is om het Duitse garnizoen te verlammen, daarom is het allereerst noodzakelijk om alle communicatie via de Wisla te verbreken en vervolgens de treinstations te bezetten. De opstand begint in het centrum van de Stare Miasto, dat wil zeggen, precies op het Marktplein, op het Piekielko-plein en in de kathedraal. Van daaruit vertrekken ze naar de twee hierboven aangegeven plaatsen. Om de Wisla af te snijden bij de Svelna-straat en bij de Alexanderbrug voor degenen die naar de Praagse wijk gaan. De eerste zal onder bevel staan van majoor H. en de tweede, die de leiding zal hebben over de verdediging van een hele buurt, onder kolonel SS

De aangegevenen stemden ermee in en namen gegevens op een pagina. Toen vervolgde de generaal:

"De troepen van kolonel" Tomorrow "marcheren naar Nowe Miasto, op Miodewa Street. De grootste "Nacht" zal zorgen voor de wijk Krakau, bij het Sajorna-plein. De grootste Bolis zal oprukken naar de Nowy

Swiat en de avenue Ujazdow af. Houd er rekening mee dat het in deze modernere wijken erg moeilijk zal zijn om de Duitsers te verslaan, die, omdat de straten breder zijn, hun troepen beter kunnen inzetten. Om deze reden zullen we de oude wijken een sterk punt maken en daar onze basis vestigen. Kolonel "Wladimir" zal de leiding hebben over deze moderne wijken.

Hij zweeg even en vroeg toen:

"Is er een vraag?

Stanislas kwam overeind.

“Ik zou graag willen weten of we moeten vechten totdat de Duitsers Warschau verlaten of dat er een overeenkomst is om hulp te krijgen.

De generaal knikte.

“Er is een heel vage afspraak over hulp. Zoals ik je heb verteld, gaat het over het landen van de troepen van generaal Anders. Aan de andere kant verdient het de voorkeur dat we erop rekenen dat we de Duitsers verdrijven en dat we alle partizanengroepen in Warschau kunnen verzamelen. Houd er rekening mee dat Warschau een communicatieknooppunt is en dat de Duitsers door ze af te sluiten geen troepen kunnen sturen om tegen de Russen te vechten. Als ze zich tussen twee vuren bevinden, moeten ze zich overgeven, wat niet gemakkelijk is, of proberen zoveel mogelijk troepen te redden door de sector te evacueren. Niets meer. Houd in gedachten wat je moet doen en verdeel je krachten zodat de klap niet mist. Houd in gedachten dat dit het lot van Polen is.

HOOFDSTUK VII

VOOR DE DOOD

Peter neuriede een lied, zittend in een tent. De nacht strekte zich uit over Warschau. Vanwege de nabijheid van het front was de openbare verlichting uit, omdat de Russische vliegtuigen regelmatig bombardeerden. Door de donkere straten snelde de auto naar de vertrekken van de luitenant-kolonel.

Jüp, de Hercules-oppasser, leidde het voertuig vrolijk fluitend. Naast Peter was kapitein Schulz, zijn assistent, stil. De jonge officier maakte zich zorgen. Hij hield niet van deze dienst, maar net als zijn baas gehoorzaamde hij bevelen. Aan de andere kant was hij zich ervan bewust dat er belangrijke gebeurtenissen op komst waren en voelde hij dat hij niet in de frontlinie stond.

Hij had graag zijn baas willen zijn, die nooit zijn gedachten liet glimpen en die zijn rust nooit verstoorde.

Zoals elke avond keerden ze terug naar de kazerne nadat ze met andere agenten in een nachtclub aan de rand hadden gelogeerd.

Van tijd tot tijd verlichtte de gloed van de sigaret die hij rookte het gezicht van luitenant-kolonel von Ritcher.

Het geluid van de motor steeg op in de stilte van de nacht en rukte op naar het binnenste van de wijk waar de kazerne verrees.

Stanislas, verstopt achter een hoek, likte zijn lippen. In de achterkant van de zak van zijn leren regenjas bewaarde hij het pistool.

Stychel wierp een blik op de mannen, tien in totaal, die een eindje achter de huizen stonden. Een andere groep, iets groter, was zo opgesteld dat ze waarschuwt voor de komst van een Duitse patrouille.

Het was het moment dat werd uitgekozen om de aanval op luitenant-kolonel von Ritcher voor te bereiden. Stanislas voelde een zekere afkeer van dit werk, maar hij herinnerde zich de woorden van de generaal. Deze officier moest stoppen met het vangen van groepen partizanen.

Kapitein Noraczewski stond naast hem, roerloos en stil. De Polen wisten dat de kolonel elke nacht langskwam en dat hij, alsof hij een mogelijk gevaar wilde trotseren, nooit zijn pad veranderde of veranderde.

Een partizaan naderde en zei:

'Meneer kolonel, het komt eraan.

Stanislas boog zich naar zijn ondergeschikte toe.

'Weet je zeker dat dit kolonel von Ritcher is?

"Het is een Duitse veldwagen. We kunnen het niet fout hebben.

"Mee eens.

Stanislas naderde de weg en zag het voertuig vooruit rijden. Zijn mannen waren gestationeerd en spanden hun wapens. Een kar getrokken door een oud paard stak op dat moment de straat over en een wiel leek te breken. Hij werd tegengehouden en verhinderde de doorgang, terwijl de voerman deed alsof hij met het rijtuig vocht.

Jüp wendde zich tot Peter en zei:

"Er staat een auto stil.

"Nou" antwoordde de jonge man. Sta op en vraag of we je kunnen helpen.

De verpleger stopte het voertuig en stak zijn hoofd uit het raam. In slecht Pools vroeg hij:

"We kunnen je helpen? Wat gebeurt er?

De man deed alsof hij hem niet hoorde en draaide zich om, terwijl hij achter de auto stond.

Stanislas zwaaide en een partizaan haalde de trekker van een machinepistool over. Hij rammelde met het pistool en besproeide de auto met lood.

Jüp gromde en riep uit:

'Ze vallen ons aan, mijn luitenant-kolonel.

Hij opende het portier van de auto en glipte naar buiten, terwijl hij het machinepistool naast zich vasthield.

Schulz trok de automaat en bereidde zich voor op de aanvallers. Petrus zei net:

'Laten we ons achter de auto verstoppen.

De andere partizanen pakten hun wapens en begonnen op de auto te schieten. Stanislas moedigde hen hardop aan:

"Laten we gaan jongens. Maak zo snel mogelijk af.

Ritcher stapte uit de auto zonder de sigaret van zijn lippen te halen. De rookslierten stegen op naar de hemel en de gloed van de sigaar verlichtte zijn gezicht. Met het pistool in de hand zocht hij dekking achter de auto en begon te schieten. Schulz, naast hem, bleef schieten op de aanvallers, die hij niet zag.

De partizanen rukten op en verspreidden zich om minder doelwit te bieden. Ze verstopten zich achter hoeken en terreinelementen. De luitenant-kolonel moest zo snel mogelijk worden gedood, omdat de schoten de aandacht van de Duitse patrouille zouden trekken.

Stanislas onderscheidde Ritchers slanke en elegante figuur, verstopt in zijn mantel en bedekt door zijn militaire pet. De sigaret hing aan zijn lippen en onthulde hem in de gloed, maar hij vuurde nog steeds, alsof hij op schietoefeningen was.

Plotseling stortte een partizaan in elkaar, schreeuwend van de pijn, Jüp richtte het machinepistool om een hoek en haalde de trekker over. Het gekletter verdween, overstemd door de dreun van wapens. Maar er waren verschillende kreten van pijn.

"Bravo, Jüp", riep Peter uit. Elke dag heb je een beter doel.

Een silhouet bewoog in de verte en Peter vuurde twee keer met het pistool.

Naast Stychel zakte Noraczewski in elkaar, raakte op een schouder. Stanislas boog zich voorover om hem op te rapen. De gewonden moesten daar worden afgevoerd voordat de Duitse patrouilles arriveerden.

Een partizaan nam een granaat en gooide deze met volle kracht op de auto. Er was een explosie en de drie Duitsers sloegen tegen het voertuig.

Peter hief zijn hoofd op om te zien wat er was gebeurd. Jüp kronkelde van de pijn op de grond. Peter, zonder het pistool los te laten, boog zich naar hem toe en zei:

'Schulz, pak het machinegeweer.

De kapitein gehoorzaamde en vuurde op de partizanen. Ritcher zette de soldaat rechtop.

"Hoe gaat het met je jongen?

De ogen van de soldaat vernauwden zich.

'Ze hebben me genaaid, mijn luitenant-kolonel. Maar ik heb er wat op vooruitgelopen.

'Beweeg je niet. We zullen je genezen.

Peter ging rechtop zitten en gooide de bijna verbruikte sigaret op de grond. Verschillende partizanen, getroffen door de schoten van de kapitein, lagen op de grond. Ritcher schoot terug.

Een partizaan benaderde Stanislas.

"De schildwachten waarschuwen dat er enkele Duitse patrouilles aankomen.

"Het is goed. We zullen ons terugtrekken!

Het nieuws verspreidde zich en de partizanen trokken weg, de gewonden dragend, terwijl de fluitjes van vijandelijke patrouilles in de verte klonken.

Pieter hief zijn hoofd op. De aanval was al voorbij. Hij haalde een sigaret tevoorschijn, stak hem op en plaatste hem tussen de lippen van de gewonde man.

"Een beetje rustig Jüp. Ze zijn hier en we zullen je genezen.

HOOFDSTUK VIII

MISSCHIEN VOOR DE LAATSTE KEER

Noraczewski ging rechtop in bed zitten en vroeg:

'Wanneer mag ik hier weg?

De dokter, ook lid van het clandestiene leger, glimlachte.

'Binnenkort, maak je niet boos.

Stanislas vergezelde de dokter naar de deur. Hij glimlachte.

"Vanaf 1 augustus zal het helemaal in orde zijn.

Stanislas knikte en sloot de deur. Daarna keerde hij terug naar de gewonde man. De kapitein smeekte:

'Vertel me de waarheid, kolonel.

"Ja man. Dat je mee kunt doen. Er zijn nog drie dagen te gaan.

* * *

Peter legde zijn hand op zijn vizier toen hij langs de kist liep met Jüps stoffelijk overschot. Hij was overleden. Zijn verpleger, de trouwe metgezel van zijn gevechtsuren, was voor altijd verdwenen. Hij was zijn liaison toen de oorlog uitbrak en hij voerde slechts het bevel over één compagnie. Ze wilde nooit van hem gescheiden worden en toen nam de dood, de eeuwige metgezel van de soldaat, de trouwe Jüp mee. Wat veldslagen van de omvang van Moskou en Duinkerken niet bereikten, deed een hinderlaag van partizanen.

De trommels sloegen, terwijl de kist begraven moest worden. De droevige, krijgshaftige tonen van "Ik had een kameraad" rezen op boven het kerkhof. Peter, stevig, met zijn hand op het vizier, nam afscheid van zijn wapenbroeder.

* * *

Stanislas keek op zijn horloge. Aleska was te laat. Hij was in hetzelfde restaurant waar ze elkaar ontmoetten, en hoewel hem was opgedragen niet alleen uit te gaan, was hij gekomen om haar te ontmoeten. De kapitein kwam niet uit bed en wilde niet dat iemand anders haar kende.

De jonge man realiseerde zich dat het gevaarlijk kon zijn voor het meisje om die smalle straatjes over te steken, opgewonden als ze waren. Ze konden haar voor Duits houden en de dagen ervoor waren er meerdere woordenwisselingen geweest. Maar hij kon niet langer zonder haar te zien.

De deur ging open en Aleska liep glimlachend het restaurant binnen. De jonge man schudde zijn hand.

"Laten we hier weggaan", stelde hij voor. De sfeer is erg geladen.

Ze knikte en samen gingen ze de straat op. De gebouwen van de oude stad stonden dicht bij elkaar, waardoor er geen voertuigen konden passeren. Stanislas hield zichzelf voor dat het gemakkelijk zou zijn om daar tegen de Duitse troepen te vechten.

Plotseling voelde hij de hand van het meisje op zijn arm rusten. Hij draaide zich naar haar om en glimlachte naar haar.

'Wat is er? vroeg Aleska. Je lijkt bezorgd.

Stanislas glimlachte.

“Er gebeurt mij niets.

Zwijgend vervolgden ze hun weg, tot ze een bijna leeg restaurant bereikten. Een ober in een versleten rokkostuum zette hen aan de ene kant van de kamer.

Ze keken elkaar zwijgend aan, glimlachend. Aleska hief haar hand op om haar wang te strelen.

'Waarom vertel je me niet wat je hebt?

De jongeman accentueerde zijn glimlach en schudde zijn hoofd.

“Het is gewoon dat er niets met mij gebeurt. Alles is jouw figuratie.

De ober serveerde hen de drankjes, zich niet bewust van alles wat niet zijn taak was.

Aleska streelde zijn voorhoofd en zei:

'Je lijkt bezorgd. Je hebt een vaste blik, alsof iets je obsedeert.

De jonge man schudde zijn hoofd.

“Nou ja: ik maak me zorgen over de oorlog. Niemand weet hoe het zal eindigen.

Ze lachte.

“Hierin kan ik je niet ontlasten. Ik weet niets van oorlogen of militaire zaken.

Stanislas knikte.

“Waar ik heel blij mee ben. Sinds ik een kind was, heb ik niets anders gedaan dan me bezighouden met militaire zaken. 'Hij zweeg even en voegde eraan toe: 'Het enige dat er echt toe doet, is dat ik heel veel van je hou.

Aleska glimlachte en liep naar hem toe.

"Ik ook schat. Ik had er nooit aan gedacht om naar Warschau te komen en kon me niet voorstellen dat ik hier mijn hart zou geven.

De jongeman schudde zijn hand en voegde eraan toe:

"Maar ik ben bang dat...

Ze bedekte zijn mond met haar handen.

'Je hoeft je nergens zorgen over te maken. We houden van elkaar en we zijn gelukkig. De rest mag niet eens genoemd worden.

De uren gingen langzaam tussen hen voorbij. Stanislas kreeg niet het idee uit zijn hoofd dat het de laatste keer was dat ze elkaar hadden gezien. Binnen drie dagen zouden ze in opstand komen tegen het Duitse garnizoen en vechten tot ze de stad overnamen. Hij kon niet aan haar denken tot het moment dat hij had gewonnen. Tijdens de veldslagen die op de opstand zouden volgen, konden er veel dingen gebeuren en zou hij kunnen sterven. Maar het was het geluk van de soldaten.

Hij zou Aleska niets vertellen over de opstand, noch over het gevaar dat zou kunnen gebeuren. Hij zou al weten wat er aan de hand was.

De komende drie dagen zou hij het te druk hebben om haar te zien en zou hij al zijn aandacht moeten richten op de gebeurtenissen die zouden komen.

Maar het idee dat dit interview misschien, ook al negeerde ze het, een afscheid was, drukte haar hart als een steen. Hij greep de handen van het meisje stevig vast en probeerde haar onbehagen in bedwang te houden. Hij hoefde alleen maar te denken aan het werk dat hem te wachten stond. Hij kende het belang ervan en wilde niet falen.

Eindelijk beseften ze hoe laat het was en Aleska waarschuwde:

“Het zou voor mij handig zijn om naar huis te gaan. Het is laat en de Duitse patrouilles vragen om de documentatie.

Stylel knikte. Hij stond op en legde een paar munten op tafel. Toen nam hij het meisje bij de arm en ging de straat op.

Ze gingen een ogenblik zwijgend verder. Eindelijk riep de jongeman uit:

'Aleska, ik moet Warschau verlaten. Ik bel je zodra ik terug ben.

Het meisje knikte. De Pool zei nog eens:

“De oorlog is heel dicht bij Warschau. Als er iets gebeurt, wat het ook is, zoek dan je toevlucht bij de ambassade van je land.

Aleska keek hem verbaasd aan.

"Wat kan gebeuren?

Hij verontschuldigde zich:

“Als de Duitsers terugdeinzen en de stad onbewaakt was, zouden de ongewensten plunderen. Tijdens de bombardementen is het ook mogelijk dat ze dat doen. Beloof je me dat je voorzichtig zult zijn?

"Natuurlijk.

Ze waren in de buurt van het pension waar ze woonde. De jonge man kuste haar op de wang en zag haar toen weglopen, tot ze verdwaald was in de schaduwen van de nacht. Hij moest zo snel mogelijk slagen om zich weer bij haar te kunnen voegen. Misschien, hield hij zichzelf voor, zou hij haar nooit meer zien. Hij deed zijn best en rukte alles behalve de komende opstand uit zijn hoofd.

HOOFDSTUK IX

DE NACHT VAN 1 AUGUSTUS

Die nacht sliep in veel huizen in Warschau niemand. Anderen gingen gewoon door met hun leven, niet begrijpend wat er zou komen.

Maar in veel huizen verzamelden vrouwen en kinderen zich rond de beelden, biddend voor de mannen die hun huizen verlieten en marcheerden om samen te komen bij de Stare Miasto.

Veel rebellen gingen niet naar hun huizen en ontmoetten elkaar in nabijgelegen bars en tavernes.

Beetje bij beetje vielen de uren van de nacht in Warschau en spreidden de schaduwen over de smalle middeleeuwse straatjes. Sommigen verstopten zich in de woning van metgezellen, wachtend op het moment om met dood en avontuur naar de afspraak te gaan.

In de wapencentra likten de schildwachten hun lippen, in de hoop de geweren en machinegeweren te verdelen onder de geëngageerden.

De chefs bestudeerden de plannen en lazen de bevelen nog eens, bereidden zich voor om ze uit te voeren.

Een nerveuze en dreigende stilte verspreidde zich door de Stare Miasto. Een stilte die dood en verderf inluidde.

De Duitse patrouilles vervolgden hun reis, geweren op hun schouders, van links naar rechts kijkend, de strenge bevelen opvolgend die ze hadden ontvangen.

In hun flat rookten Stanislas, Dmowaki en Noraczewski zwijgend, wachtend, wachtend.

Stychel herinnerde zich Aleska weer en vertrouwde erop dat ze elkaar snel weer zouden zien.

Eindelijk riep Dmowaki uit:

"Het is nu tijd.

Ze kwamen van de vloer en trokken hun regenjassen aan. De nacht legde een warm kledingstuk op. De drie staken hun pistolen in hun zak en bereidden zich voor op gevaar.

Gedurende de hele Stare Miasto marcheerden de mannen die betrokken waren bij de opstand naar de ontmoetingspunten. Door de smalle straten rukten ze op in groepen van drie of vier, in een poging de Duitse patrouilles te ontwijken, en gingen op weg naar hun concentratiepunten.

Op de afgesproken tijd hadden de verschillende eenheden zich verzameld op de kruispunten die naar het Marktplein, het Kathedraalplein en het Piekielkoplein leidden.

Toen verschenen de hoofden van de strijdkrachten. Ze gingen te voet, omdat de auto's daar niet konden komen, en ze gingen naar hun concentratiepunten. Ondertussen wachtte generaal Bor-Komorowski, omringd door zijn staf, in een oud pakhuis op het moment om de strijd te beginnen.

Op de afgesproken tijd voor de opstand, een rauw "Lang leve Polen!" Werd gehoord in de steegjes van het centrum van de Oude Stad, en de rebellen, al uitgerust met hun wapens, kruisend hun holsters, jassen en regenjassen, rukten op om strategische posities in te nemen.

De opperhoofden, uitgerust zoals zij, zwaaiden met hun pistolen, op weg naar de plaatsen die veroverd moesten worden. In de gebouwen die aan de drie pleinen grenzen, keken de huurders met verbazing toe wat er gebeurde.

Velen haastten zich om zich bij de rebellen aan te sluiten.

In de steegjes bij de genoemde pleinen kwamen de voorhoede van de rebellen in botsing met enkele vijandelijke patrouilles.

Geweervuur kruiste en handbommen ontploften. Strijders van beide kanten vielen, maar de patrouilles werden gedwongen te vluchten of te ontbinden. Beetje bij beetje werden de rebellen door de hele oude stad ingezet. Politieposten en troependetachementen werden omsingeld door gewapende mannen die woedend op hen schoten. De hoofden van de posten belden hun superieuren en informeerden hen over wat er gebeurde.

De partizanenleiders, in de eerder gekozen huizen, waren machinegeweren en mortieren aan het plaatsen, zodat ze de steegjes domineerden die daar reikten en de opmars van de Duitsers verhinderden.

Anderen richtten barricades op bij straatovergangen en bouwden ze met kasseien en meubels die overal vandaan kwamen. Er waren ook machinegeweren, mortieren en lichte kanonnen opgesteld, in afwachting van de opmars van de vijand.

De hoofden bezetten de telefooncentrales en kozen plaatsen uit om ziekenhuizen en kwartiermakersmagazijnen te vestigen.

Vrijwilligers kwamen uit de hele Oude Stad om zich bij het clandestiene leger aan te sluiten. In de delen van de stad waar de rebellen nog niet waren gearriveerd, wachtten de vrijwilligers die de bijeenkomst niet hadden bijgewoond op het moment om zich bij hun metgezellen te voegen.

Het waren detachementen die voorbestemd waren om tegen de Duitsers te vechten en hen van achteren aan te vallen, zodra de opstandige troepen daar waren aangekomen.

Het gewapende tij verspreidde zich ongecontroleerd door de stad en schudde het met zijn schoten.

Het Duitse commando, dat telefonisch op de hoogte was gebracht van wat er gebeurde, kwam bijeen op de Komandatur. Generaal Schellenberg verzamelde zijn ondergeschikten en bereidde zich voor op de opstand.

Allen waren aanwezig, uitgerust met hun oorlogshelmen en wapens. Alleen von Ritcher, met zijn helm op zijn knieën en zijn sigaret tussen zijn lippen, leek klaar om een receptie bij te wonen.

Schellenberg vroeg allereerst:

“Zijn de opdrachten die ik heb gegeven uitgevoerd?

De opperhoofden stonden een voor een op en meldden dat de eenheden, onder bevel van het tweede opperhoofd, zich naar de buitenwijken hadden teruggetrokken. De omsingelde groepen vochten wanhopig en probeerden weerstand te bieden of door te breken. Warschau werd omsingeld door een cordon van Duitse troepen.

Schellenberg legde uit:

"We zijn vooral geïnteresseerd in het onderhouden van de communicatie over de Wisla en het in onze handen houden van het treinstation, zodat we de situatie kunnen blijven volgen en over snelle transportmiddelen kunnen beschikken. De telefooncentrale interesseert ons, voor zover mogelijk, ook om het contact niet te verliezen. In ieder geval zullen de communicatietroepen geïmproviseerde telefoonlijnen aanleggen. De kruitvaten zijn in onze handen, evenals de ziekenhuizen. Dat elke baas in zijn positie blijft, waardoor de vijand niet verder kan. Het is noodzakelijk om de Vistula-lijn te domineren en de rebellen weg te jagen van de andere oever.

Ritcher kwam overeind.

"Gaan we niet proberen de omsingelde troepen te redden? Het zijn soldaten die vechten en hulp kunnen verwachten van hun strijdmakkers.

Schellenberg streek met zijn hand over zijn ogen.

"Ik denk niet dat het mogelijk is. Jij, Ritcher, zult de Praagse sector versterken om de verovering van het station te voorkomen. Breng ze allemaal terug naar jullie commandoposten en onderhoud contact met mij.

De hoofden salueerden en maakten zich gereed om te vertrekken. De generaal gebaarde naar de jonge man.

"Peter" riep uit ", denk niet dat het me geen pijn doet om die jongens te verlaten. Maar we zullen de rebellen waarschuwen om het leven van de gevangenen te respecteren.

'Als ze zich niet aan de afspraken houden, zullen ze zich von Ritcher herinneren', zei Peter, zijn serene gezicht voor het eerst veranderd.

HOOFDSTUK X

LAWINE

De troepen van majoor H verzamelden zich naast een pleintje in de buurt van Scelna Street. De rivierbries kwam naar hen toe en ze zagen de gebouwen die uitkeken over de Wisla.

Majoor H, een korte en stevige man, bekeek zijn vrijwilligers en zette een grote groep van de voorhoede in, gewapend met zijn machinepistolen.

Ze liepen Scelna Street af en klampten zich vast aan de muren. Het was gemakkelijk om een Duitse patrouille of een detachement troepen te ontmoeten.

De weg was duidelijk. Ze merkten al snel dat hij lachte, terwijl de boten aan de haven lagen. Ongeveer vijf Duitse politieagenten hielden daar de wacht, zwaaiend met hun geweren. De leider van de voorhoede maakte een teken en de wapens begonnen te blaffen. Twee politieagenten stortten in elkaar zonder leven, terwijl de andere drie renden om zichzelf te verdedigen. Schoten donderden, terwijl de rebellen zich langs het dok verspreidden en ervoor zorgden dat er geen tegenstanders meer waren. De drie agenten, beschut achter bundels, vochten hopeloos maar hardnekkig.

Andere groepen van majoor H waren de gebouwen met uitzicht op de Wisla binnengegaan en hadden daar machinegeweren en zware mortieren geplaatst, die de hele rivier domineerden. Ze konden de overkant bereiken.

Toen majoor H met zijn troepen de haven bereikte, waren de drie politieagenten al vernietigd.

De majoor wees de krachtigste schepen aan en liet machinegeweren in de boeg plaatsen.

Ondertussen waren anderen langs het dok opgesteld om elke vijandelijke aanval af te weren. Aan de overkant van de rivier stonden de gebouwen van Nowe Miasto, weerspiegeld in het water.

Deze waterweg was de snelste en kortste manier om troepen en voedsel van de ene kant van de stad naar de andere te vervoeren.

Majoor H aarzelde even. Hij had zijn aanvalsplan keer op keer bestudeerd, tot hij de kleinste details uit zijn hoofd kende, en toch was hij nu besluiteloos. Bij de verschillende pogingen om de andere oever van de nee te veroveren, kon hij veel mensen verliezen. Hij dacht aan die jongens, vol enthousiasme en ijver, die spoedig zouden sterven. En misschien trapten ze allemaal in zijn fout.

Eindelijk liet hij hen aan boord gaan van de boten en beval hen op te rukken. Op zijn beurt sprong de oudste op een van hen. Degenen die aan de oever bleven, stuurden hen zwaaiend met hun handen weg, terwijl ze vanaf de vloer met hun petten in de lucht zwaaiden.

De lanceringen waren in beweging, op weg naar de naburige kust. De mannen binnen likten hun lippen terwijl ze hun wapens streelden.

De dichtstbijzijnde aken stopten hun motoren en wachtten op het momentum om ze naar de kust te brengen. Plotseling brak er een daverend geweervuur uit op de dokken. Machinegeweren ratelden en stuurden dodelijke ladingen naar de lanceringen. De mannen strekten zich uit in de boten, wachtend op het moment om aan land te springen. Sommigen werden geraakt. Men zag hoe een schuit, waarvan de zijkanten door vijandelijk vuur waren opengesneden, kapseisde toen de inzittenden in het water sprongen.

Eindelijk bereikten de eerste boten de kust. De inzittenden sprongen op de grond. De silhouetten van de Duitsers die aanvielen werden gezien. Geweren blaften en handgranaten ontploften.

De opstandelingen vielen woedend aan en gingen op het dok liggen om beter te kunnen schieten. Stukje bij beetje deden ze zich gelden op de kade. Machinegeweren die op de schepen waren geplaatst, openden het vuur.

De ontscheepte mannen begonnen zich langs de kade te verspreiden en vochten met de Duitsers. Handgranaten explodeerden en geweren en automatische wapens rammelden, terwijl strijders regelmatig slaags raakten. Plotseling haastte zich een grote groep gewapende burgers naar de plaats van het gevecht en vielen de Duitsers van achteren aan. Het waren de krachten van die sector die zich bij de strijd voegden, volgens de ontvangen orders.

Majoor H verdeelde zijn mannen en zette barricades op om de veroverde plaats te verdedigen. Duitse lanceringen mogen niet doorgaan op de rivier.

Ondertussen gingen nieuwe vrijwilligers, die niet tot het clandestiene leger behoorden, naar de posten en de barricades. Ze kregen de wapens van gevangengenomen of gedode Duitsers of werden naar commandoposten gestuurd, waar ze konden worden bewapend en ingelijst.

De troepen van kolonel Tomorrow, een glimlachende Herculische man, marcheerden door Miodewa Street, op weg naar Nowe Miasto. De Duitse troepen moesten zich terugtrekken om te voorkomen dat ze werden omsingeld door de aanvallen van de twee colonnes vrijwilligers die dreigden hen in een zak te sluiten. Kolonel "Tomorrow" rukte op door de oude woonwijk, die ooit buiten de muren stond, en nam hoek voor hoek en straat voor straat. Ze wisten al snel contact te leggen met de troepen van majoor H.

De wijk Krakau bood wat moeilijkheden.

De oudere 'Night', een magere, donker uitziende man, maar die veel wist te halen uit de troepen die hij aanvoerde. De straten die van het Kasteelplein naar het Saksenplein liepen, waren een concentratiepunt geweest voor de politie en troepen die door de stad slenterden. Daar vochten ze wanhopig en trokken zich in redelijk geordende volgorde terug naar het Saksenplein. Na het monument voor José Pomatowski werden enkele groepen geplaatst, klaar om te sterven.

De grootste "Nacht" was om ze groep voor groep te vernietigen, hun weerstand te verminderen en de straten schoon te maken. Eindelijk werd de Poolse vlag gehesen boven het José Pomatowski-monument.

Nowy Swiat en Ujazdow Avenue waren moeilijk te veroveren. Majoor Bolis, jong, goed geplant en vastberaden, manoeuvreerde zijn troepen door de brede slagaders en tuinen die hen omringden. Vanaf daar was de strijd minder gemakkelijk. Het was nodig om van tactiek te veranderen en de mannen naar de huizen te gooien, zodat ze, als ze eenmaal waren veroverd, de straat zouden neerschieten en de Duitsers zouden dwingen zich terug te trekken.

Het moeilijkste was de verovering van de moderne wijken. De brede, overzichtelijke straten boden niet veel bescherming voor de troepen van kolonel Wladimir. Hij moest zijn troepen in kleine groepen verdelen en naar de aanval sturen, de troepen aanvallend die hen weerstand boden. De straten parallel aan de Wisla werden een slagveld. De rebellen namen de auto's en vrachtwagens die ze vonden, veranderden ze in bolwerken, zodat ze goed beschermd konden oprukken.

Maar de Duitsers waren niet bereid toe te geven waar ze met enig voordeel vochten en ze bleven op de hoeken en kruispunten, en richtten een kruisvuur van machinegeweren en antitanks op.

Keer op keer werden de Polen op de laatste verzetslinie geworpen, opgericht door de Duitse kolonel, in een poging het te forceren, maar zonder succes. De moderne wijk werd van de ene op de andere dag het meest wrede slagveld van heel Warschau.

HOOFDSTUK XI

Praag

Bor-Komorowski liep zenuwachtig heen en weer, maar had de controle over zijn geïmproviseerde hoofdkwartier. Oproepen van de bazen bereikten hem en informeerden hem over hun voortgang en hun successen. Beetje bij beetje wezen de assistenten op de grote kaart van de stad de punten aan die de rebellen bereikten.

De generaal veranderde niets aan zijn koude, energieke gezicht. Hij realiseerde zich dat op dit moment de gewenste doelstellingen werden bereikt en dat het niet moeilijk voor hem was om te winnen in de stad, die volledig domineerde. Maar het was een avontuur waarvan, zoals bij alles, het einde onbekend was.

Veel imponderables, die niet in hun macht waren om op te lossen, konden beslissen over overwinning of mislukking.

Bor-Komorowski liep naar zijn assistenten en begon op tafel te typen. Ze keken hem aan, wachtend op een vraag of opmerking. De generaal zei alleen:

"De navigatie op de Wisla is gedeeltelijk afgesneden. Maar we weten niets over de Praagse wijk. Wat doet kolonel SS? Wat gaat het doen?

* * *

Stanislas gooide de sigaret op de grond en beval majoor Dmowaki:

"De scoutinggroep kan vooruit.

Noraczewski, arm in een mitella, naderde en smeekte:

'Laat me het naar mij sturen, kolonel.

Stychel schudde zijn hoofd.

'Ik heb je aan mijn zijde nodig en ik kan het niet tolereren.

Stanislas' troepen hadden de buurt van de Alexanderbrug bereikt. Vanaf de balkons en de hoogste gebouwen schoten groepen Polen met machinegeweren en geweervuur op de brug en blokkeerden zo de weg voor Duitse troepen. Evenzo gooiden ze vanaf eerder gekozen plaatsen mortieren, die hun opmars zouden belemmeren.

Stanislas had deze sector grondig bestudeerd en de mogelijkheden van opmars berekend. Hij wist dat de Duitsers de mars zouden belemmeren en dat een enkele opmarspoging onmiddellijk zou worden gestopt.

Dmowaki plaatste een sterke groep naast de brug, aan de andere kant stonden de Duitsers die onophoudelijk schoten. Andere groepen waren op weg naar de rivier, aan boord van schuiten. Het was tijd om aan de opmars te beginnen. Stychel wenkte. Automatische wapens en mortieren verhoogden hun vuur, waardoor het schot langer werd om alleen de andere oever te bereiken.

Ondertussen begonnen de boten en aken de rivier over te steken, allemaal beschermd door de schaduwen van de nacht.

Stanislas stond roerloos bij de balustrade van de brug te wachten op het nieuws van die eerste groepen. Hij wist wat dit kon betekenen en het was nodig voor hem om het te bereiken. Als hij het station niet zou veroveren, zouden er spoedig nieuwe troepen in Warschau aankomen en zou de opstand op een verschrikkelijke mislukking uitlopen.

De nacht maakte het onmogelijk om te zien hoe de schepen zich naar de andere oever bewogen en hoe de patrouilles oprukten, opgesteld op de brug, maar de kolonel wist dat zijn mannen hem niet in de steek zouden laten. Plots werden schoten gehoord aan de andere kant van de brug, evenals een schreeuw van de andere oever.

Alle rebellen bogen zich naar voren en streelden hun wapens. Misschien was het moment daar. Het schieten werd heviger, maar niemand kon zien wat er aan de hand was. Terwijl de rebellen echter nerveus bleven wachten op wat er zou gaan gebeuren, realiseerden ze zich dat het gerucht van de strijd langzaam aan het wegsterven was.

Een partizaan kwam aanrennen om Stanislas te ontmoeten.

'Meneer kolonel,' zei hij, 'we zijn erin geslaagd ons aan de andere oever te vestigen.

Stychel legde zijn hand op de schouder van de liaison en wendde zich tot zijn mannen, die verward om de hoeken en langs de brug stonden. Hij zwaaide met zijn arm en rende over de brug. Een daverend gejuich steeg achter hem op, terwijl de rebellen op volle snelheid achter hun leider aanrenden of zich op de schuiten wierpen om de rivier over te steken.

Stanislas, met het pistool in de hand, naderde naar het andere eind van de brug, waar nog steeds schoten te horen waren. Zijn vrijwilligers volgden hem en zwaaiden met hun geweren in de lucht.

Eindelijk bereikten ze de overkant. Stychel draaide zich naar de rivier om naar de stroom te kijken. De groepen schuiten verzamelden zich bijna langs de kust.

Hij ging verder en haalde al snel zijn aanhangers in. De Duitsers waren van hun posten geslingerd en konden zich al langs de kust verspreiden.

De versterkingen hebben de rebellen veel geholpen. Al snel begonnen ze zich door de straten en om hoeken te verspreiden en vielen ze de Duitsers aan. De schuiten hadden hun ladingen mannen afgezet, die renden om zich bij de Polen te voegen die daar al gestationeerd waren.

De zware wapens werden deels naar de andere oever getransporteerd om de strijd voort te zetten. Beetje bij beetje verspreidden de groepen, goed geleid door Stychel, zich door de stad, op weg naar het station.

Dawn begon de lucht rood te kleuren toen de rebellen de grijze en vuile gebouwen van het station zagen. Een kreet van enthousiasme steeg op van haar borsten.

Onder hen luidde de slogan:

"Nog één poging en we hebben gewonnen."

Door de straten, springend van raam naar raam en van terras naar terras, vielen rebellen en soldaten elkaar meedogenloos aan, in een voortdurende strijd.

Ze verspreidden zich over een brede, eenzame laan, op weg naar het station. Stanislas volgde de eerste voorhoede op de voet. Het was noodzakelijk om het treinstation, de as van alle lijnen, te bezetten om het netwerk van spoorwegen dat daarheen leidde te kunnen domineren.

Er klonken schoten en machinegeweren ratelden en verspreidden hun doodsgeblaf. Stychel keek toe hoe detachementen het enorme grijze gebouw naderden, bedekt door de ouderdom en de rook van honderden stoommachines.

De Duitse grenadiers vochten wanhopig, maar werden in het nauw gedreven door partizanen die vanuit ramen en muren op hen sprongen. Talloze vrijwilligers verlieten hun huizen en namen wapens van de doden of van gevangenen mee.

Binnenkort, hield Stychel zichzelf voor, zouden ze het station hebben bezet. Dawn verspreidde zijn melkwitte licht overal, waardoor de contouren een spookachtig uiterlijk kregen.

Ze hadden al een bres in de vijandelijke verdediging geopend en de eerste voorhoede was al het station binnengegaan. Er werd in haar gevochten en ze zouden haar spoedig kunnen domineren.

Plots klonk het geluid van motoren en zag men een colonne auto's uitgerust met luchtafweer machinegeweren en met lichte medium tanks en automatische machinegeweren oprukken in de richting van het station.

Iemand kondigde aan:

'Het zijn de troepen van Von Ritcher.

Bijna voordat de voertuigen stopten, sprongen de "jagers" op de grond en hieven hun wapens op, terwijl de tanks begonnen te vuren en op de opstandelingen gingen.

Stanislas gaf snel zijn bevelen. Het was noodzakelijk om vol te houden en te vermijden omringd te worden door die gedurfde en felle troepen, gewend aan slagen en verrassingen.

Het station werd het middelpunt van de strijd. Beiden streden om het te behouden of te veroveren, terwijl de rest van de strijdkrachten posities innamen die hen het meest geschikt leken.

Stychel herkende het sierlijke silhouet van een officier, sigaret tussen zijn lippen, regisserend, sereen en kalm onder de kogels, de beweging van zijn mannen.

De stuwkracht van de tanks en de jagers dwong de rebellen het station te verlaten, maar Stanislas had de machine- en mortierbedienden zo geplaatst dat de Duitsers het niet konden bezetten.

Er werd hevig gevochten, maar het station bleef in niemandsland, zonder dat de Duitsers het konden gebruiken en zonder dat de Polen het onbruikbaar konden maken. Geen van beiden kon haar de hunne noemen en geen van beiden had gefaald. De strijd begon, zenuwslopend en wreed. Meedogenloos elkaar aanvallend met wreedheid.

Voedsel werd onder vijandelijk vuur verdeeld en de gewonden moesten onder vijandelijke kogels worden verzorgd.

Maar na de eerste verrassing maakten de twee partijen zich klaar om weerstand te bieden, totdat één het opgaf.

HOOFDSTUK XII

EEN BELANGRIJKE MISSIE

Aleska ging het kantoor van majoor Gentzel binnen. De veteraan glimlachte, wijzend op een stoel.

Het meisje gehoorzaamde en stak een sigaret op. De opstand had enkele dagen geduurd en er was niets bekend over de operaties. De gevechten en gevechten op straat gingen dagelijks door, zonder dat iemand kon weten welk lot de toekomst voor hen in petto had.

Majoor Gentzel streek met een hand over zijn voorhoofd en glimlachte weer. Afgezien van dit gebaar van vermoeidheid, had niemand kunnen vermoeden dat deze koude en onpersoonlijke man zich zorgen zou maken over de gebeurtenissen.

"De opstand", begon hij te zeggen, "was een eerste succes voor generaal Bor-Komorowski. Dat kan niet worden ontkend. Het heeft bijna al zijn doelstellingen bereikt, maar het heeft zich niet verder verspreid. Op dit moment hebben beide partijen ons echter versterkt en wij blijf schieten en vechten, om te zien welke van de twee de andere domineert. Op dit moment, wanneer het Russische offensief zijn grootste kracht verwerft, kan deze opstand definitief zijn voor onze wapens. Het moet zo snel mogelijk worden voltooid.

Aleska knikte, in de hoop dat de oudere man de reden zou geven waarom hij haar belde.

"Een heel belangrijk punt is het station in de Praagse wijk. Als de Polen het konden gebruiken, zouden ze groepen partizanen van het platteland hierheen kunnen brengen. Dit zou je kansen op succes vergroten. Op dit moment domineert noch het een noch het ander, omdat het voor beiden slechts een doel is.

Aleska knikte opnieuw. Niemand kon zich de spanning voorstellen waarin ze in die dagen had geleefd, altijd denkend aan Stanislas en wat er met hem zou kunnen gebeuren. Hij wist dat deze opstand het einde van zijn liefdesaffaires betekende. Wie zegeviert, moet definitief uit elkaar gaan.

"De Praagse sector", vervolgde Gentzel, "wordt verdedigd door de troepen van kolonel S, S.

Het meisje, geïnteresseerd, hief haar hoofd op.

'Hebben ze hem kunnen identificeren?' vraag ik.

“Ja, het is ons eindelijk gelukt. Het gaat over een oude vriend van haar.

Aleska knipperde verbaasd met haar ogen.

"Wie is het?

"Stanislas Stychel.

Het hart van de jonge vrouw sloeg een slag over.

"Weet je het zeker? Ik kon me nooit voorstellen dat ze dezelfde persoon waren.

Gentzel knikte.

“Noch jij, noch iemand anders kon het zich voorstellen. Je moet de vaardigheid en moed van die man erkennen. Hij wist ons tot het einde toe te bedriegen en hij was het die ons belachelijk maakte. Nu is het zijn prestige en zijn militaire capaciteit die de Praagse wijk in stand houdt. Zonder hem hadden we het station kunnen bezetten en ze terug kunnen sturen naar Stare Miasto. "Hij pauzeerde en voegde eraan toe: "Er is een manier om het te doen, en je kunt het ons aanbieden.

Aleska was bang, zonder te weten waarom. Met zijn ogen nodigde hij de oudere man uit om te spreken.

'Je kunt naar kolonel Stychel gaan en ons vertellen waar zijn commandopost is. We weten dat het heel dicht in de buurt komt van wat we de eerste regel zouden kunnen noemen. Zodra we hiervan op de hoogte waren, zouden we een groep sturen die vastbesloten was hem te vangen. Op deze manier zou al het verzet in Praag instorten.

Aleska huiverde. Zij was het, precies zij, die de man van wie ze hield, Stanislas, gevangen moest nemen. Maar Gentzel wist niets van haar gevoelens. Ze had zich vrijwillig aangemeld voor de geheime dienst en had een plicht te vervullen als frontsoldaat.

De koude grijze pupillen van de oudste staarden haar aan. Hij moet een antwoord geven. Het meisje voelde zich gekweld door duizend tegenstrijdige gevoelens. Ze herinnerde zich haar vader en haar broers, die aan het hoofd van hun troepen vochten. Hij dacht aan alle levens die hij kon redden. Hij kon echter niet beslissen.

Er moest iets gebeuren om te vermijden wat ze van hem vroegen en dat hij niet kon weigeren, vroeg Gentzel opnieuw:

"Wat is er mis met hem?

Aleska hoorde een stem, die niet van haar was, tegen haar zeggen:

'Ik zal doen wat ik kan, majoor Gentzel.

* * *

Stanislas at in zijn commandopost wat conserven die hem van het hoofdkwartier waren gebracht. Zijn assistenten en schildwachten hadden hetzelfde voedsel als hij. Zittend op de grond verslonden ze de ranch, met het geweer aan hun zijde.

Stychel vroeg zich af wat er van Aleska zou worden en wat ze nu aan het doen was. Hij zal haar nooit vergeten.

Bij een tank at Ritcher een broodje dat hem door een verpleger was overhandigd en dronk een glas hete thee leeg. De helm paste precies om het hoofd van zijn soldaat. De luitenant-kolonel maakte zich zorgen over het lot van de strijd. Maar hij moest toegeven dat die Polen goede vechters waren.

In de rest van de stad gingen de gevechten met even hevigheid en wreedheid door. Rond de rivier en in de brede straten van de Moderne Wijken werkten snelle wapens en bajonetten, samen met lichte kanonnen, onvermoeibaar, keer op keer.

De opstand ging door, zonder dat iemand een manier zag om er snel een einde aan te maken.

HOOFDSTUK XIII

ONDER DE DEKEN VAN OORLOG

Majoor Gentzel sprong uit de auto en hielp Aleska eruit. Het meisje, ineengedoken in haar jas, staarde naar de straten en gebouwen, bevlekt door het ochtendlicht, dat voor haar opdoemde als militaire vestingwerken. Hij onderscheidde de silhouetten van de grenadiers van zijn land, met het geweer in hun handen en hun helmen stevig vastgemaakt.

Voor hen waren Stanislas' mannen wanhopig aan het vechten.

Gentzel herhaalde:

"Je kunt beter niet direct naar de Praagse wijk gaan. Via deze sector kun je gemakkelijk de rebellenlinies bereiken, en eenmaal daar kun je Stanislas Stychel vragen. Ze zullen haar naar hem leiden.

De oudere man stak zijn hand uit en voegde eraan toe:

"Succes dame.

Het meisje knikte en ging weg in de richting van de plek waar de rebellen waren.

Voorzichtig verstopte hij zich om hoeken en deuropeningen. Ze konden zich niet blootstellen aan de Polen, wetende dat de Duitse troepen hen doorlieten.

* * *

Een partizaan benaderde Stanislas en zei:

Kolonel, een meisje wil u spreken.

Stanislas hief zijn hoofd op.

"Wat wil je?

"Hij heeft het niet gezegd.

"Nou, laat het gebeuren.

De partizaan vertrok en kort daarna ging Aleska de commandopost binnen. Het meisje staarde Stanislas aan, niet zeker welke rol ze moest nemen. Stychel stond op en rende naar haar toe.

'Aleska, wat doe jij hier? Riep hij uit terwijl hij zijn handen uitstak.

'Ik kon niet langer van je afblijven. Ik ben erin geslaagd om bij je lijnen te komen en heb gevraagd om naar je toe gebracht te worden.

De assistenten waren naar buiten gekomen en waren alleen. Stanislas omhelsde haar en trok haar dichter naar zich toe.

'Ik zou je hier niet moeten laten blijven, omdat je in gevaar bent.

Ze sloot haar ogen en leunde met haar hoofd op de borst van de man van wie ze hield en die op het punt stond te verraden. Ze had er spijt van dat ze daar was, en toch had niemand haar gedwongen om bij de geheime dienst te gaan.

Stanislas streelde haar haar en voegde eraan toe:

'Ik was bang dat ik je nooit meer zou zien. Ik weet niet hoe deze strijd zal eindigen, die langer duurt dan zou moeten. Het is vijftien dagen geleden dat alles begon.

Aleska hief haar handen om het gezicht van de rebel te strelen.

"Het enige wat ik wilde was aan je zijde staan. De rest kan me niet schelen. Laten we het niet over de toekomst hebben. Het is alleen van belang dat we samen zijn en dat we eindelijk kunnen wachten, zij aan zij, tot dit voorbij is.

Stanislas kuste haar en hield haar stevig tegen zijn borst gedrukt. Ze sloeg haar armen om zijn nek, alsof ze van plan was haar leven te geven in die kus en zo de barrière uit te wissen die hen scheidde.

Hij realiseerde zich dat hij het meest verachtelijke verraad aan een vrouw pleegde. Majoor Gentzel wist niet dat Stychel van haar hield, maar ze wist het wel. Hij had echter de hem toegewezen missie aanvaard.

Maar ze was een soldaat en ze wist dat soldaten bepaalde redenen niet in de weg konden staan van hun plicht. Stanislas had dat zelf gedaan. Maar wat zou deze oprechte en vastberaden man zeggen als hij erachter kwam dat ze misbruik maakte van zijn gevoelens om hem te verkopen? Ik zou nooit in haar liefde geloven. Ik kan me voorstellen dat het allemaal een list was om hem te verslaan en te arresteren.

En nooit in haar leven had het meisje zo'n sterke en hartstochtelijke liefde gevoeld als degene die haar verteerde voor Stychel.

Stanislas keek haar glimlachend aan.

'Ik ben blij je aan mijn zijde te hebben, maar ik heb liever dat je uit de buurt van gevaar blijft. Dit is geen plaats voor een vrouw.

Aleska schudde haar hoofd.

'Ik sta niet toe dat je me wegduwt. Ik heb vrouwen gezien die de gewonden verzorgden en voedsel en munitie uitdeelden. Er zijn zelfs enkele vrijwilligers.

"Maar ze zijn Pools en jij bent een buitenlander. Deze strijd heeft niets met jou te maken.

Het meisje reageerde traag. Stanislas kon zich niet voorstellen dat deze strijd ook bij haar betrokken was, maar dan aan de kant van de vijand.

"Ik wil bij je zijn" mompelde hij.

Stanislas antwoordde niet, drukte haar alleen tegen zich aan, terwijl buiten machinegeweren ratelden en mortieren dreunden.

* * *

Aleska zat al enkele dagen in het rebellenkamp. De situatie was noch voor de Polen noch voor de Duitsers verbeterd. Beiden behielden de posities die ze de eerste dagen veroverden en slechts enkele kruispunten en enkele gebouwen wisselden dagelijks van eigenaar.

Het meisje was al een bekende figuur voor de partizanen. Ze waren eraan gewend haar de gewonden te zien verzorgen en het eten te verzorgen, maar ze werden niet gestoord toen ze haar zagen passeren. In deze banen deed Aleska al haar moeite om misschien moe te worden en niet te kunnen nadenken over wat ze ging doen.

Hij had de situatie bestudeerd en besefte hoe gemakkelijk het was om de staatsgreep uit te voeren. Stanislas had zijn commandopost gevestigd in een klein gebouw, dat toebehoorde aan het spoorwegpersoneel. Het had twee kamers en stond vol met gereedschappen die aan de partizanen werden overgedragen.

Hij was bijna in de vuurlinie; een gevechtslinie die zich uitstrekte door kruispunten, stukken spoor en gebouwen met machinegeweren. Het zou niet moeilijk zijn, van waar de troepen waren, een massale aanval te lanceren en de chef gevangen te nemen. Of stuur een gekozen team en verover het huis door middel van een aanval.

Ze wist niet wat ze gingen doen, maar ze wilde Stanislas niet verlaten. Ze voelde de blik van de jongeman vol tederheid, dat hij niet één keer stopte met naar haar te kijken.

Hij had nog geen manier gevonden om zijn boodschap aan de Duitse troepen over te brengen, maar hij hoopte dat snel te doen.

Stanislas bleef daar de hele nacht, behalve als hij op ronde ging.

Maar tussen negen en elf werd hij altijd gevonden.

Aleska dacht liever niet aan de toekomst. Ze wist dat haar liefde vermoord zou worden door haarzelf en deze zekerheid maakte haar tot wanhoop, met een diepe angst. Er was geen manier om te vermijden wat er zou komen.

Stanislas voelde zich gelukkig en tegelijkertijd bang om haar daar te hebben, naast het gevaar. Maar misschien was het erger geweest als hij haar niet aan zijn zijde had gehad en niet wist wat er met haar was gebeurd.

Het leek hem dat hij beter wist hoe hij moest vechten en dat hij helderder was in het leiden van zijn mannen.

Ondertussen ging de Slag om Warschau door, wreed en fel, zonder einde in zicht. Van de ene kant van de stad naar de andere vielen mannen elkaar fel aan, op zoek naar de middelen om succes te hebben. De bevolking die niet in de strijd had ingegrepen, bleef in hun huizen, wachtend tot alles zou eindigen. Het leven was tot stilstand gekomen.

In de door de rebellen bezette gebieden werden brood en voedsel uitgedeeld uit de buitgemaakte pakhuizen. Hetzelfde werd gedaan in het door de troepen bezette gebied, maar de hongersnood begon zich over Warschau te verspreiden.

HOOFDSTUK XIV

WIJZIGING VAN OPDRACHT

Een veldwagen stopte voor de Komandatur. De schildwacht bij de deur realiseerde zich met een kritische blik dat er een belangrijk persoon naar binnen reisde.

De verpleger sprong op de grond en opende de deur, terwijl hij zich stijf overeind hield. Dit overtuigde de schildwacht er uiteindelijk van dat het personage dat naar binnen reisde niet zomaar iemand was.

Een generaal stapte uit het voertuig en ging met een vastberaden stap naar het huis. Hij was nog een jonge man, stevig en sterk. Zijn uniform was schoon en goed gesneden, maar er waren sporen van het stof van de reis. Op zijn borst droeg hij verschillende versieringen, sommige uit de oorlog van 1914. Onder de geruite muts vielen een rood gelaat en energieke trekken op, die zijn eigenzinnige kin en vurige pupillen benadrukten.

Zijn assistenten leken even vastberaden en taaie mannen als hij.

Hij reageerde op de groet van de schildwacht en deelde de officier van de wacht mee dat het generaal Bach-Zelewski was, die net van het Russische front was aangekomen.

Iedereen huiverde toen ze de naam van de militair hoorden. Deze vastberaden en onverschrokken soldaat stond altijd in de strijd en klaar om vooruit te gaan, wat de moeilijkheden ook waren.

Hij had zich gespecialiseerd in harde schoten en moeilijke situaties. Hij was ook beroemd om zijn dreunende stem bij het geven van bevelen onder vijandelijk vuur.

Hij werd begroet door Schellenberg en zijn assistent. Bach-Zelewski ging rechtop staan en toonde een kantoor van het Grand Headquarters, waarin hij werd benoemd tot hoofd van alle strijdkrachten van Warschau, onder Schellenberg.

"Mijn generaal", vervolgde hij met zijn ietwat bruuske manier van spreken, "ik ben hier niet om iemand te vervangen, noch om iemands werk te bederven. Ik wacht op orders.

Schellenberg kon niet glimlachen om die manier van spreken die zo kenmerkend was voor de commandant van de stormtrooper.

"De situatie" begon hij te zeggen, het plan van de stad dat aan de muur hing nadert "is niet hoopgevend, maar ook niet hopeloos. We zitten in een wachttijd, waarin we op korte termijn geen oplossing zien toekomst.

“Ik ben op het hoofdkwartier aangeklaagd om de opstand spoedig neer te slaan. Dit maakt het moeilijk om troepen naar de frontlinies te sturen, en dit is niet het moment voor vertragingen. De Russen blijven oprukken naar de Poolse grens. Het is nu bijna een maand geleden dat de opstand uitbrak. Is dat niet zo, mijn generaal?

Schellenberg knikte.

'Dus zo. De moeilijkheid is echter dat het moeilijk is om de rebellen uit hun verzetspunten te verdrijven, omdat de wijken huis voor huis moeten worden veroverd. Breng je versterkingen mee?

"Alleen een bataljon tanks" antwoordde Bach-Zelewski "en een mortier van 65. Ik denk dat dit voldoende zal zijn.

Schellenberg zei toen:

'Ik neem aan dat je moe bent. Vanmiddag kunnen we de staf bij elkaar brengen en deze zaken bespreken.

De nieuwkomer schudde zijn hoofd.

'Ik ben niet moe, mijn generaal. We kunnen elkaar zo snel mogelijk ontmoeten.

Twee uur later waren alle eenheidshoofden verzameld in de Komandatur. Majoor Gentzel en kolonel Haller waren er ook met de generaal. Ook in de vergadering was een glimlachende luitenant-kolonel, zijn gezicht gebruind door de zon, met de schedel van de gepantserde troepen op.

'Generaal Bach-Zelewski' begon te zeggen dat Schellenberg 'het bevel over de troepen op het plein zal overnemen. We moeten allereerst een onderzoek van de situatie voorbereiden.

De stafchef las een rapport voor dat was opgesteld met de delen van de verschillende eenheidschefs, waarin de situatie van de strijdende troepen werd uitgelegd. Bach-Zelewski luisterde zwijgend en tikte met een potlood op tafel. Hij gebruikte daarbij steeds meer geweld.

De tankercommandant, een vroegere vriend van Peter, zei tegen hem:

"Hij wordt woedend. Hij zal uiteindelijk de tafel slaan.

"Ze zeggen dat hij een heel slecht humeur heeft", antwoordde Peter.

'Natuurlijk. Het is verschrikkelijk. Maar je kunt er zeker van zijn dat de opstand neergeslagen zal worden.

Toen hij klaar was, stond Bach-Zelewski op.

“Van wat ik net zei, zijn de twee zenuwcentra van de stad de rivier en de Praagse wijk. Daarom is het noodzakelijk om de rebellen naar de andere kant van de Wisla te duwen en de rivierverbindingen te hervatten. Dan is het nodig om ze het station uit te zetten, zodat de treinen vrij kunnen circuleren. 'Hij wendde zich tot Schellenberg en voegde eraan toe: 'Als u dat goed vindt, meneer, zullen we eerst deze twee operaties uitvoeren en dan zullen we op de Oude Stad drukken totdat ze worden gedwongen zich over te geven of totdat ze worden vernietigd.

Schellenberg glimlachte om haar vurigheid.

“Dit is wat er is geprobeerd, tot nu toe zonder succes. Ze plakken aan de grond en zijn goed bestand.

'Ik zie het, mijn generaal, maar ik denk dat we andere middelen kunnen gebruiken dan tot nu toe. Tanks en vlammenwerpers zullen zeer nuttig voor ons zijn. Deze gevechten van huis tot huis en van straat tot straat lijken veel op de gevechten die we hebben doorstaan in Stalingrad en bij de verovering van de vestingwerken van Sebastopol. Infanterietroepen moeten flexibel zijn en goed vechten; zoiets als onze parachutisten en vijandelijke commando's. Maar ik heb ook kunnen verifiëren dat de dapperste man, die in staat is om een machinegeweernest met blote borst aan te vallen, bang is voor een vlammenwerper. Het zal nodig zijn om ze aan de strijders te verstrekken. Tanks zijn bijna onoverwinnelijk omdat ze een mobiel bolwerk vormen dat alleen kan worden verslagen met kanonnen tegen tanks, waarvan het voor de rebellen niet gemakkelijk is om er in grote hoeveelheden van af te komen.

Peter glimlachte en keek naar het hoofd van de pantserwagens. Majoor Gentzel stond op, schraapte zijn keel en zei:

“Het zou handig zijn om de rebellen te informeren dat ze zullen worden verpletterd en dat het beter is dat ze zich overgeven. Er zouden omheiningen kunnen worden gevormd om hen te huisvesten, samen met de hele burgerbevolking die naar onze linies wil komen.

"Klinkt goed voor mij", zei Schellenberg, toen Bach-Zelewski hem vroeg. Kolonel Haller zal voor u zorgen.

"Mijn generaal", vervolgde majoor Gentzel, "we hebben vertrouwen in de plaats waar de commandopost van kolonel SS, chef van de rebellen in het gebied van het station, zich bevindt. We hebben luchtfoto's gemaakt om het huis goed te leren kennen De piloot die ze nam werd meerdere keren beschoten, maar was ongedeerd. Ik geloof, tenzij je anders denkt, dat een goed gekozen squadron je kan vangen en de vijand kan beroven van een van hun beste leiders.

Bach-Zelewski wendde zich tot Schellenberg:

“Als u geen bezwaar maakt, mijn generaal, geloof ik dat deze maatregel kan worden uitgevoerd. "Toen de overste knikte, vroeg hij": Welke eenheid zou de leiding kunnen hebben over deze missie?

"Luitenant-kolonel von Ritcher.

HOOFDSTUK XV

OPNIEUW VAN VOOR NAAR VOOR

De dageraad zou komen. Op de grijze daken van de stad brak de dageraad aan, terwijl op de kruispunten en op de hoeken mannen vochten en wachtten tot de strijd zou voortduren.

Peter schakelde de aanvalspatrouille van zijn bataljon in. De tweede luitenant met bevel begroette haar en zei:

'Geen nieuws, mijn luitenant-kolonel.

Von Ritcher gebaarde dat hij zijn hand moest laten zakken en legde toen uit:

“Jullie weten allemaal wat er van jullie wordt verwacht. U hebt de foto's en het plan van de sector bestudeerd. Je weet welk huis we moeten overvallen en ook de man die gevangen moet worden genomen of gedood. Ik stuur de patrouille zelf.

Onder de mannen van die eenheid was er een beweging van tevredenheid. Ze streelden met hun machinepistolen en geweren en puften hun borst uit. Pistolen en pistolen droegen aan de riem. Ritcher pakte een machinepistool en mompelde:

"Gaan.

Kapitein Schulz zag hem weglopen, zijn lippen likkend. Hij was niet bang dat deze operatie zou mislukken. Het enige waar hij bang voor was, was dat zijn baas zou omkomen in het gevecht.

De patrouille rukte op naar de laatste wachtposten. De "jagers" glimlachten, mompelend:

Veel succes, kameraden.

Een sergeant stak glimlachend zijn hand op.

Peter keek naar het smalle straatje aan het einde waarvan de Polen stonden. Tussen beide stellingen werd er veel geopend. Hopelijk konden ze naar de andere kant oversteken zonder dat iemand het merkte.

Von Ritcher wenkte en de mannen sprongen over het hek en gingen het terrein op. Ze hadden hun zware wapens in de steek gelaten en alleen die bewaard die nuttig konden zijn in close combat.

Majoor Wagner, commandant van het tweede bataljon, wendde zich tot Schulz:

"Alles moet geregeld worden, en zodra we het signaal horen, vallen we aan.

Peter naderde, gevolgd door de patrouille. De tweede luitenant marcheerde zwijgend naast hem. De helm en het machinepistool herinnerden Peter aan zijn eerste gevechten in Nederland, toen de oorlog begon.

Ze bereikten de andere kant van het perceel. Een soldaat schopte per ongeluk tegen een blikje. In de stilte van de dageraad klonk het als een kanonschot. Peter gebaarde dat iedereen zich moest verstoppen. Niet ver weg vroeg een stem in het Pools:

'Wat was dat, Sikorski?

"Niets. Het lijkt mij dat je droomt" antwoordden ze hem.

Peter liep naar het hek en keek naar de overkant. Er was niemand en vlakbij was er nog een steeg die naar de baan leidde. De luitenant-kolonel gaf een teken en de patrouille sprong de straat op, in de richting van de steeg.

Ze liepen er zwijgend doorheen. Met hun wapens gemonteerd, plakten ze aan de muren om niet verrast te worden. Ze probeerden voorzichtig te lopen om de aandacht van de vijand niet te trekken. Ze bereikten het einde van de steeg, onderscheidden de weg en daarachter de derde schuur met materiaal.

Von Ritcher wees naar het gebouw. Er was geen twijfel dat hij het was. Bij de deur stond een schildwacht in een bontjas en met de holsters over zijn borst gekruist.

De muur was in de schaduw en stelde hen in staat dicht bij de treinrails te komen, maar ze moesten kruipen. Ze gingen vooruit, Peter marcheerde als eerste. Toen hij de reling bereikte, hief hij zijn hoofd op. Het gebouw was niet ver weg. Zijn patrouille, getraind als het was, kon hem inhalen en overmeesteren voordat de rest van de partizanen arriveerde.

Hij gebaarde naar de sergeant en de sergeant pakte de handpomp, waardoor de beveiliging eraf scheurde. Toen gooide hij het hard op de schildwacht.

Tegelijkertijd riep de luitenant-kolonel:

"Laten we gaan jongens.

De granaat ontplofte en sloeg de schildwacht neer, maar de "jagers" renden al naar het gebouw. Het signaal was gegeven en het hele aanvalsbataljon zou aanvallen om hun leider te redden.

Twee partizanen kwamen uit de cabine en de sergeant sloeg het machinepistool in hun gezicht en sloeg ze in een klap neer. Ze stonden al voor het gebouw. De tweede luitenant wierp zich op een raam, op hetzelfde moment dat een van de soldaten met de kolf van het geweer toesloeg om het te openen. Peter, gevolgd door de sergeant, ging de commandopost binnen.

Een zwak elektrisch licht verlichtte de kamer. Iemand gooide een stoel en sloeg hem kapot. Maar op dat moment werd het raam geopend en kwam het melkachtige licht van de dageraad binnen.

Peter keek naar het machinepistool en vuurde op twee partizanen die voor hem stonden. Plotseling zag hij een lange, sterke man met een automaat zwaaien.

Hij grijnsde heftig. Dit moet de SS-kolonel zijn. Voor de zekerheid riep hij:

Stijlvol.

Stanislas werd ontdekt en stond op, klaar om te vuren. Ze hadden hem opgejaagd en hij wilde niet weglopen.

Precies op dat moment verliet Aleska de volgende kamer. Hij keek naar het tafereel, realiseerde zich wat er ging gebeuren en omhelsde Stanislas en wendde zich tot de Duitse officier. Hij was begonnen te schieten toen het meisje tussen de twee mannen in stapte.

Het lichaam van de jonge vrouw beefde, geschud door de stalen zweep. Zijn pupillen vernauwden zich terwijl zijn spieren losser werden. De vijandelijke officier liet het machinepistool zakken en staarde vol afschuw naar het tafereel.

Een schor kreet ging op in de buurt van de spoorlijn. Het aanvalsbataljon viel aan, voorafgegaan door tanks.

Gezien de houding van de twee leiders, schoten de vijandelijke troepen die zich op die plaats verzamelden niet en keken elkaar verbaasd aan. Het geraas van de strijd was te horen. Toen greep kapitein Noraczewski de kolonel bij de arm en sleepte hem naar de andere kamer. Hij sloot de deur en maakte zich klaar om door een raam te vluchten.

Stychel had nauwelijks de kracht om te bewegen, maar hij volgde zijn assistent. Alles was zo snel gegaan dat het saai aanvoelde. Over de hele linie werden de Poolse troepen aangevallen door de Duitsers, die naar het treinstation drongen.

Majoor Wagner leidde zijn mannen vakkundig en vakkundig. De tanks schoten onophoudelijk, openden gaten in de muren en sloegen ze neer terwijl ze aanvielen. De "jagers" op patrouille vielen de vijandelijke bolwerken aan en lieten hun handbommen vallen. Machinegeweren en machetes kwamen in het spel en verdreven de Polen uit hun schansen.

Beetje bij beetje bestormden de troepen de gebouwen richting het station. Maar de SS-kolonel was veilig en zou terugkeren naar het front van zijn mannen.

HOOFDSTUK XVI

TERWIJL DE OORLOG GAAT DOOR

Noraczewski worstelde met de kolonel om hem van de commandopost te verwijderen. Stanislas, nog steeds verbijsterd, riep:

"Aleska! Aleska!

De kapitein riep een andere partizaan en instrueerde hem om hem te helpen zijn superieur weg te nemen. Samen slaagden ze erin Stychel te domineren, die worstelde om terug te keren naar het gebouw. Eindelijk hief de partizaan zijn pistool op en landde een slag op de schedel van de kolonel.

Flauwgevallen slaagden ze erin hem daar weg te halen, terwijl majoor Dmowaki de verdediging organiseerde tegen de wanhopige opmars van het bataljon "jagers".

Toen de linies eenmaal waren hersteld, hoewel ver van het station, dat volledig door de Duitsers was bezet, slaagden de rebellen erin de aanval van het vijandelijke bataljon te stoppen, na zware verliezen en bloedige confrontaties.

Stanislas kwam weer bij bewustzijn en bevond zich in een verlaten pakhuis. Alleen Noraczewski vergezelde hem. De kapitein begreep de gemoedstoestand van zijn baas en vriend en wilde niet dat iemand hem vergezelde.

Stychel staarde verdwaasd naar de plek waar ze stonden, schijnbaar niet in staat zich te herinneren wat er gebeurde. Plots lichtten zijn pupillen op en hij sprong overeind.

"Aleska! Aleska!

Noraczewski kwam naderbij, mompelend:

Moed, kolonel.

Stychel sprong naar de deur en riep:

'Waarom heb je me van zijn zijde weggehaald? Ik wil zijn lichaam redden.

Noraczewski stond in de weg en legde uit:

'U moet aan uw mannen denken, kolonel. Aleska zal door de Duitsers worden begraven.

Stanislas liet zijn hoofd zakken. Hij realiseerde zich dat hij, gekweld door Aleska's dood, op het punt stond de missie op zijn schouders te vergeten. Het was nodig om de honderden rebellen die hem vertrouwden niet te vergeten. Hij kon de zaak waaraan hij zichzelf had gegeven niet verraden.

Maar zijn ongeluk hulde hem in onzichtbare, maar onbreekbare beenkappen. Aleska was overleden. Het leek hem onmogelijk dat dit kon gebeuren. Een paar minuten voordat deze vijandelijke officier de commandopost binnenkwam, hadden ze samen gegeten, kletsend en lachend. Zelfs Noraczewski had aan het gesprek deelgenomen.

Stychels netvlies was nog vol met het beeld van het gelukkige en gelukkige meisje. Alleen een zekere melancholie in zijn blik, die ze probeerde te beheersen, herinnerde zich de situatie waarin ze zich bevonden. Zijn lach leek hem nog steeds een lach te zijn zonder zorgen en angst. Hij dacht dat hij nog steeds de geur van haar lichaam voelde.

En toch was Aleska gestorven. Hij was niet meer dan een levenloos lijk, zijn spieren gescheurd en zijn lach voorgoed verdwenen, die lach waar de kolonel zo van hield.

Wanhopig begroef hij zijn gezicht in zijn handen en gaf hij lucht aan zijn verdriet, niet beschaamd dat hij door zijn assistent werd gezien.

Zijn angst, toen hij besefte dat het allemaal voorbij was, dat de dromen die ze samen hadden getekend nooit zouden uitkomen, overviel hem volledig en hij barstte in tranen uit als een kind.

Noraczewski keek hem zwijgend aan. Hij begreep wat die man moest lijden, voor wiens ogen en zonder dat hij het kon voorkomen, de vrouw van wie hij hield op gewelddadige wijze was gestorven.

De kolonel was zich niets anders bewust dan zijn pijn toen de operatie die door generaal Bach-Zelewski was uitgedacht, begon.

* * *

Wanhopig vechtend om de Russische soldaten tegen te houden, had het nieuws over de opstand van Warschau zich over het hele front verspreid. Voor de Duitsers vormde het een obstakel dat de komst van voedsel- en munitietreinen verhinderde.

De generaals bereidden hun divisies voor om de Sovjetaanval af te slaan, die ze daarna nog harder voor ogen hadden.

Echter, op het Russische hoofdkwartier ...

De militaire auto, gevolgd door een colonne vrachtwagens en voertuigen, rukte op langs de ondergelopen weg, terwijl colonnes infanterie en tanks door het veld, naast de weg, voortbewogen. De artillerie en cavalerie zetten hun mars voort en zongen oude liederen.

Een motorrijder stopte bij de voorste auto en salueerde, terwijl hij een laken uitdeelde. Toen stond hij naast de entourage.

De man in de auto, een lange, gespierde agent met witte slapen, opende het laken en bekeek het aandachtig. Die officier was maarschalk Vatupin, hoofd van de Russische strijdkrachten aan de Poolse grens.

De maarschalk bestudeerde de brief en beval de chauffeur te stoppen. Toen, terwijl de auto's van zijn entourage hem imiteerden, naderde hij een transmissiewagen en vroeg om een lijn met Moskou. Hij sprak even aan de telefoon en knikte.

De maarschalk ijsbeerde even bij de auto, wendde zich tot de assistent en beval:

'Roep de legercommandanten.

Toen keerde hij terug naar de auto en zette de mars voort. Die nacht, toen de opstandelingen wanhopig vochten tegen de aanvallen van Bach-Zelewski, kwamen de hoogste leiders van het Russische leger bijeen.

Vatupin ging de isba binnen waar ze hun hoofdkwartier hadden gevestigd en bekeek de uniformen, hoge en ouderwetse kragen en rijbroeken, met gepoetste laarzen. Op de borstkas van de mannen waren vreemde Russische versieringen aangebracht.

"Generaals", begon de maarschalk, "we hebben een bevel ontvangen waaraan we moeten voldoen.

De agenten hieven hun hoofden op en keken hem nieuwsgierig aan. Mannen werden gezien in het uniform van de luchtvaart, met dat van de gepantserde troepen en met de bontmutsen van de Kozakken.

"Dit bevel is om ons te stoppen.

Het nieuws viel als een bom op de militaire bijeenkomst. Ze keken elkaar allemaal verbaasd aan. Een lange, gespierde generaal met schuine Mongoolse ogen haastte zich om te zeggen:

"Stop nu dat we misschien door het front kunnen breken?

Vatupin knikte.

'Het zijn superieure bevelen, van wie meer beveelt dan ik. Bovendien moet de opstand in Warschau worden neergeslagen voordat we verder gaan. Dan proberen we de voorkant weer te breken.

Onmiddellijk werden de precieze bevelen uitgevoerd en stopten de Sovjet-troepen, groepeerden zich op de meest geschikte posities en bleven in de verdediging, zonder ook maar een moment de Duitsers aan te vallen, die zich in een kritieke situatie bevonden.

HOOFDSTUK XVII

KOPPIG

"Een deel van ons doel is bereikt", zei Bach-Zelewski", maar we hebben nog steeds het belangrijkste nodig.

De agenten luisterden zwijgend en wachtten tot hij hun bevelen zou voortzetten.

"We zijn er alleen in geslaagd om het treinstation te veroveren, maar niet om de rebellen uit de Praagse wijk te verdrijven. Ik moet echter hulde brengen aan luitenant-kolonel von Ritcher, die met een bewonderenswaardige stoutmoedigheid zijn eerste doel heeft bereikt.

Ze wendden zich allemaal tot Peter, die stil stond, zijn trekken getekend.

"Ik geloof dat de strijd in die sector moet doorgaan totdat de rebellen de rivier zijn overgestoken of totdat ze zijn geïsoleerd van de Alexanderbrug. Maar in de sectoren Nowe Miasto en Stare Miasto moeten de oevers van de Wisla worden schoongemaakt. Beide operaties zullen tegelijkertijd worden uitgevoerd, maar met minder intensiteit. De strijd in Praag moet doorgaan zoals voorheen, met opeenvolgende slagen die vijandelijke groepen veroveren en gebouwen die in forten zijn veranderd. Op Nowe Miasto zullen we een offensief ontketenen.

Diezelfde middag stonden de straten bij de rivier vol met soldaten en tanks. Sommige begeleidende artilleriestukken waren opgesteld in de kruispunten en op de hoeken, zodat ze op de rebellenposities waren gericht.

Op een bepaald moment begonnen ze te schieten zonder rust. Gebouwen, veranderd in forten, sprongen verbrijzeld en verpletterden hun verdedigers. Van tijd tot tijd doofde het vuur en hoorde men luidsprekers die de rebellen waarschuwden:

"Overgave. Je kunt niet slagen en je krijgt alleen onschuldige slachtoffers. Overgave.

Toen kwam er artillerievuur. Maar de Polen bleven op hun post, klaar om zich te verdedigen.

Eindelijk hield het vijandelijke bombardement op en begonnen de aanvalstanks hun opmars naar de tegenoverliggende bolwerken. Groepen soldaten, uitgerust met lichte wapens en vlammenwerpers, volgden hen en lanceerden zichzelf op de partizanenbolwerken.

Automatische wapens begonnen te rammelen en handgranaten explodeerden terwijl tankkettingen gierden en motoren brulden. De artillerie van de gepantserde monsters vuurde hun salvo's af op de gebouwen. De vlammenwerpers verspreidden hun vuurgolven, openden de weg voor de troepen en joegen de rebellen weg.

Sapper-eenheden rukten op met hun dynamietladingen en plaatsten ze in vijandelijke schansen om ze op te blazen.

Beetje bij beetje zorgden de golven van grenadiers en sappers, beschermd door de karren, ervoor dat de rebellen zich terugtrokken naar de rivier.

Majoor H had versterkingen geregeld en de troepen die hem ondersteunden, bleven hardnekkig aan de grond vastzitten. Maar hij begreep dat als hij er niet in zou slagen de Duitse opmars te stoppen, hij overweldigd zou worden en zijn mannen nutteloos zou achterlaten om de strijd op straat voort te zetten.

Hij ging naar de vuurlinie en juichte zijn troepen toe. Hij ging van de ene plaats naar de andere, stelde zichzelf voortdurend bloot, maar zorgde ervoor dat de mannen meer enthousiasme toonden.

De maand september was begonnen en de kou begon zich door de stad te verspreiden. IJzige strepen kwamen van de vlakte naar de strijders.

Majoor H kon de massa's tanks onderscheiden die boven het puin opdoemden, omringd door de aanvalsgroepen. Bommen en uitbarstingen van automatische wapens maakten een brul om hem heen, angstaanjagend en gekmakend.

Hij zag ook hoe sommige strijders vluchtten, doodsbang voor de aanwezigheid van tanks en vlammenwerpers, die de weg vrijmaakten.

Een gebouw van waaruit verschillende rebellen zich verdedigden, werd door de geniesoldaten ingenomen.

De Duitse troepen vervolgden hun weg, onstuitbaar en overweldigend.

Ze moesten in bedwang worden gehouden. Hij gaf zijn orders en de vrijwilligers stroomden toe en schaarden zich voor de vijandelijke voorhoede, die woedend aanviel.

Tussen het puin en tussen de ruïnes zochten de partizanen dekking en monteerden hun machinegeweren en mortieren. Ze wisten dat als ze de tanks zouden isoleren en de soldaten die hen vergezelden zouden vernietigen, het gemakkelijker zou zijn om tegen ze te vechten. Maar de vlammenwerpers en de handgranaten lieten geen moment rust.

Majoor H begreep dat hij alleen zou bereiken dat zijn hele eenheid werd vernietigd en dat geen enkele eenheid zou kunnen blijven vechten.

"Het is nodig om weerstand te bieden tot de nacht komt. Dan steken we weer de rivier over.

De explosies van de artillerie vermengden zich met de dynamietladingen die de gebouwen opblies. Het gekletter van machinegeweren duidde op de opmars, die langzamer maar niet te stoppen was.

Plotseling ontplofte een granaat op korte afstand van de majoor en hij viel bebloed. Zijn laatste woorden waren:

'Laat ze in de schemering de rivier oversteken.

De strijd ging verder met grotere intensiteit. Ondanks de dood van de leider bleven de Polen met evenveel vastberadenheid vechten tot de nacht over de stad viel.

Verschillende boten hadden zich verzameld bij de rivierdokken en toen begonnen de troepen aan de transporten en marcheerden naar de andere oever.

Beetje bij beetje werd de Nieuwe Stad verlaten en keerden de partizanen terug naar de kust waar ze begonnen. Ze voelden allemaal een enorm verdriet. Het leek niet mogelijk dat alles zo kon eindigen, en ze herhaalden:

“We komen nog terug.

Hun stemmen misten echter het vertrouwen van een paar dagen eerder.

Eindelijk bereikten ze bijna allemaal de andere oever, aan de schuiten te zien hoe de Duitse tanks en grenadiers de kade bereikten, waarvan ze waren gevlucht.

Gedurende die dag slaagde kolonel "Wladimir" erin de opmars van het pantser op zijn linies te stoppen. Door de brede lanen van de moderne buurten vorderden de tanks met gemak en evolueerden ze ongehinderd. Maar vanuit naburige huizen en vanuit halfafgebroken gebouwen schoten ze meedogenloos op de troepen die de karren volgden.

Ze rustten geen minuut. Ze vielen voortdurend huizen binnen, kamer voor kamer vechtend, totdat de partizanen werden verdreven of vernietigd. Vlammenwerpers veegden meedogenloos kamers en plaatsen waar partizanen zich verzetten. Links en rechts schoten tanks op aangrenzende gebouwen.

Uiteindelijk moest kolonel Wladimir zich voorzichtig terugtrekken zonder de bewaking op te geven, om te voorkomen dat hij overweldigd zou worden en erin zou slagen zijn troepen te scheiden van het grootste deel van het clandestiene leger.

Ze verlieten wanhopig de Moderne Wijk, op weg naar de Oude Stad. Daar zouden ze weerstand bieden tot de komst van de Russen of tot het leger van Anders uit Italië was geland.

Aan de rand van de stad verzamelden zich de door de Duitsers gevangengenomen gevangenen. De politietroepen bewaakten die mannen, in wiens avontuur ze waren achtergelaten.

Bor-Komorowski verzamelde zijn staf.

"We moeten ons sterk maken in de Stare Miasto, nu het nog kan. We laten geen centimeter grond meer achter dan nodig is. Laten we wachten op de komst van de geallieerden.

HOOFDSTUK XVIII

VERNIETIGING

Terwijl in alle sectoren en buurten buiten de muren. De onstuitbare druk van de Duitsers ging door en duwde de partizanen naar de Stare Miasto, in het Praagse district bereidde het bataljon "jagers" zich voor om het bolwerk van de troepen van de SS-kolonel te vernietigen.

In het kamp van de Duitsers slenterden ze langs de tanks en auto-machinegeweren, armen op armlengte. Auto's uitgerust met luchtafweermachinegeweren moesten ook in de strijd ingrijpen.

De spoorwegsoldaten waren bezig met het repareren van de sporen zodat alles meteen door kon lopen.

Plots kwam de elegante gestalte van luitenant-kolonel von Ritcher uit de commandopost. Zijn gezicht werd, ondanks het behouden van de gebruikelijke sereniteit, gezien als samengetrokken, en in zijn pupillen straalde een blik van wanhoop.

De soldaten keken elkaar ongemakkelijk aan. Ze wisten dat sinds de aanval op de vijand hun baas vreemd was. Ze vroegen niet waarom, maar het nieuws van de dood van een vrouw had de ronde gedaan en misschien verklaarde dit alles.

Von Ritcher, zijn helm stevig vastgemaakt en zijn machinepistool onder zijn arm, staarde naar zijn mannen. Alles was klaar voor de strijd.

Hij gaf een seintje en de voertuigen reden vooruit, uitwaaierend naar de Alexanderbrug. Peter, vergezeld door Kapitein Schulz, sprong in een auto-machinegeweer en vertrok, gevolgd door het hele bataljon. Het gevecht begon opnieuw.

De groepen en de patrouilles rukten op om de gepantserde auto's te achtervolgen en de vijandelijke verdediging te vernietigen. De automatische machinegeweren circuleerden, beladen met "jagers", door de breedste straten, springend over puin en over gaten in het wegdek die door artillerie waren gemaakt.

De auto's bewapend met luchtafweer machinegeweren vuurden tot nul, terwijl de lichte detachementen de tegengestelde posities aanvielen.

Stanislas ontving het nieuws van de opmars van de tegenstander. Nog steeds wanhopig op zoek naar Aleska's dood, die soms onmogelijk leek, stond hij op en juichte voor de troepen die nog wachtten.

"We gaan ze tegenhouden. En het gaat over Von Ritcher, onze vijand.

De partizanen gingen met getrokken armen en fronsen naar buiten om de vijand te confronteren. De twee tegengestelde partijen marcheerden met dezelfde beslissing en met hun leiders voorop.

De gevechten begonnen hevig en gingen hard door. Duitse patrouilles sprongen door het puin, vuurden hun machinepistoolrondes en handgranaten af op de nesten van tegenstanders en wierpen bajonetten in het lichaam van de vijand.

Tanks en pantserwagens schoten onophoudelijk en drongen voortdurend naar de rivier. De rode vlammen van de vlammenwerpers stegen op uit de gebouwen die veranderd waren in slagvelden.

Keer op keer wierpen de "jagers" zich zonder rust op de tegenstander. De lijken lagen in het puin. De gevangenen werden met opgeheven handen uit het gevecht geduwd.

Voor één keer leken de partizanen te wankelen. Een groep tanks wurmde zich, gevolgd door de patrouilles, in een brede straat waardoor ze konden evolueren.

Doodsbang begonnen de Polen aan een vlucht naar de brug en dachten aan niets anders dan zichzelf te redden. Stanislas werd gewaarschuwd voor wat er gebeurde en rende naar die plek, vergezeld door zijn assistent. Hij sprong uit de auto, een elegant voertuig gevonden in een garage, en riep uit tegen de vluchtende partizanen:

'Wil je ze allemaal verpletterd hebben? Verdedig jezelf, want als je dat niet doet, zullen de tanks je verschroeien.

De mannen, aangemoedigd door zijn woorden, stopten, terwijl hij doorging met spreken en hen aanmoedigde om zich te verdedigen. Hij zag een bijna verwoest gebouw op korte afstand en wees ernaar en voegde eraan toe:

"Van daaruit kunnen we ze stoppen.

De partizanen zochten hun toevlucht tussen de ruïnes en tussen het puin. De muren waren voor de helft afgebroken en lieten de gaten zien die waren gemaakt door artillerie- en dynamietladingen.

Van daaruit openden ze het vuur op de oprukkende strijdwagens. De tanks stopten en hielden hun vuur op de vijand, terwijl de infanterietroepen naar voren stormden. De figuur van een officier, elegant gekleed, onderscheidde zich in het midden. Stanislas dacht dat hij haar figuur herkende.

Beetje bij beetje rukten de Duitse soldaten op naar het gebouw. Stanislas begreep dat het nodig was om weerstand te bieden of de troepen terug te trekken naar de andere kant van de Weichsel, en terwijl hij op zijn post bleef, organiseerde hij de terugtrekking van andere sectoren.

Eindelijk vielen de Duitse "jagers" het gebouw aan. Ze sprongen over puin en trechters en kwamen door gaten in de muren naar binnen.

Stanislas pakte een machinepistool en begon om hem heen te schieten om zichzelf te verdedigen. Plotseling zag hij de gestalte van een officier die door een raam sprong, zwaaiend met zijn machinepistool. Hij herkende hem meteen. Het was von Ritcher, de man die Aleska had vermoord. Hij keek naar het machinepistool en begon op zijn vijand te schieten. De projectielen schoten stofwolken op naast de officier, maar misten hem. Peter stond roerloos, niet schietend, terwijl de vijand terugdeinsde.

Verdreven aan het einde van het gebouw, trokken de Polen zich terug over de Alexanderbrug en per binnenschip naar de andere oever. Peter was ook verantwoordelijk voor die sector.

Toen iedereen eenmaal in de Stare Miasto was opgesloten, begon generaal Bach-Zelewski het beleg. De kanonnen en tanks bleven vuren op de eerste huizen aan de andere oever, terwijl de troepen zich voorbereidden op hun verovering. Van tijd tot tijd herhaalden de luidsprekers de bekende woorden:

"Overgave. Je kunt niet slagen en je zult alleen nutteloze slachtoffers maken.

Toen kwam Thor's mortier in actie. Hij begon te schieten vanaf zijn platform boven de Oude Stad. Hun knallen leken de hele stad te schudden.

Beetje bij beetje waren de eerste straten van de Oude Stad vrijgemaakt van tegenstanders en begonnen de Duitse troepen hen te veroveren. Ze wisten op de andere oever te landen en de eerste huizen te bezetten. Daar werden ze sterk en zetten de mars voort, door de smalle straatjes, te midden van een kogelregen van onbekende sluipschutters die zo hun moed wreken toen ze wisten dat ze verslagen waren.

Het gevecht ging door. Huis voor huis, hoek voor hoek veroverden de Duitsers de Oude Stad, terwijl Thor's mortier zijn gigantische projectielen op de bevolking afvuurde.

Stychel bleef Peter in de gevechten zoeken. Hij had berichten dat hij altijd voor zijn soldaten marcheerde en dat hij hen in de slagen leidde, maar ze hebben elkaar nooit meer ontmoet. De Pool zei tegen zichzelf dat ze elkaar maar één keer hadden gezien en dat hij hem niet kon doden, zoals zijn wens was. Aleska was nog steeds niet gewroken.

De schoonmaakoperatie ging door en verpletterde de Polen die zich nog steeds dicht bij de grond verdedigden, ze bleven op hun posities, beschermd door de smalle straatjes van de Stare Miasto.

HOOFDSTUK XIX

VOOR DE REALITEIT

De strijd ging met intensiteit verder. De maand september was voorbij en de sneeuw begon al op de bergen te vallen. De koude lucht strekte zich uit over de brandende stad, maar verhinderde niet dat de gevechten heviger werden.

De bombardementen en de gevechten in de straten gingen intens door. De grenadiers en de "jagers" vielen geleidelijk de smalle straatjes van de Stare Miasto binnen en ontvingen de schoten van de sluipschutters die in de gebouwen schuilden.

Die ochtend, 1 oktober 1943, ontmoette generaal Bor-Komorowski in de kelder waar hij zijn hoofdkwartier had, met zijn assistenten en de leiders van zijn leger.

Allen vertoonden de sporen van de aanhoudende strijd.

Een aantal van hen droeg verband en niet-genezen wonden. De wanhopige uitdrukking van mannen in het aangezicht van de dood was op hun gezichten te zien, zonder de mogelijkheid om gered te worden. Moe, vermoeid, zenuwen gespannen, verzamelden ze zich daar om de situatie te beslissen waarin ze hadden gehoopt te slagen.

Stanislas, gebeten door de pijn, stond aan het ene uiteinde naar de grond te staren. Dmowaki was overleden en Noraczewski had de post overgenomen. Veel van zijn mannen waren gevallen in de wrede gevechten en hun herinneringen achtervolgden de kolonel.

Het beeld van Aleska, dat op de grond lag, bleef haar achtervolgen.

Bor-Komorowski schraapte zijn keel en staarde naar de mannen die hem in zijn wanhopige strijd waren gevolgd.

"Heren", zei hij, "ik hoef niet uit te leggen in welke situatie we ons bevinden. U, die midden in een gevecht zit, weet dat net zo goed als ik. We moeten echter beslissen wat we gaan doen. Doen.

De aanwezigen keken hem ongemakkelijk aan. Waar zou de generaal ze heen brengen?

“Ondanks onze aanvankelijke successen, voornamelijk door het gebrek aan hulp van buitenaf, worden we teruggebracht tot de Stare Miasto, die voortdurend wordt gebombardeerd en weggevaagd door de vijand. Onze mannen vallen of worden gevangen genomen. We hebben geen voedsel en munitie meer. Ik denk dat we nog maar één oplossing hebben. Overgave.

Onder de officieren was er een moment van verrassing. Stychel kon zich niet inhouden en riep uit, terwijl hij opstond:

"Overgave? Was dat waar we zoveel mannen voor in de strijd hebben gegooid? Gaan we niet door? We kunnen ze nog steeds verslaan en vasthouden.

Bor-Komorowski keek hem met enig medelijden aan.

'Kolonel, ik weet dat u uw leven zou geven, en ik zou hetzelfde doen, om onze vlag hoog te houden. Maar houd er rekening mee dat we niet meer kunnen winnen en dat het onze plicht is om alle onnodige slachtoffers te vermijden. We hebben onze posities aangehouden tot het menselijkerwijs onmogelijk was om verder te gaan. Als iemand van jullie gelooft dat er een manier is om jezelf te onderhouden en door te gaan totdat je hebt gewonnen, dan ben ik bereid naar je te luisteren. Anders stuur ik vandaag een commissie naar generaal Schellenberg.

Niemand durfde te antwoorden. Stychel bedekte zijn gezicht met zijn handen. Nee, het was niet mogelijk voor hen om te worden verslagen. Ze moesten zich opnieuw overgeven, zoals ze eerder deden, toen ze van twee fronten tegelijk werden binnengevallen. En toch begreep hij dat de generaal gelijk had. Er was geen andere keuze.

* * *

Stanislas staarde naar de Alexanderbrug, waarover een groep Duitse uniformen oprukte, samen met een witte vlag. Hij wendde zich tot de assistenten van de generaal en zei:

"Ze komen er aan.

Over die brug, dacht de jonge man, waren de afgevaardigden van generaal Bor-Komorowski op weg om met de vijand te onderhandelen, en het was juist via deze plek dat hij ervan had gedroomd zijn mannen naar de overwinning te leiden.

De Poolse vertegenwoordigers ontmoetten de Duitsers in het midden van de brug. Sommigen droegen hun uniform en bedekten zich met militaire capes. De anderen droegen hun burgerkleding, in hun jassen gestopt. Boven de twee delegaties wapperden witte vlaggen.

Aan beide kanten keken strijders aan beide kanten toe wat er gebeurde, wachtend op het resultaat.

Het hoofd van de Poolse delegatie salueerde met een knikje.

“Namens generaal Bor-Komorowski, hoofd van het Poolse leger van Binnenlandse Zaken, komen we onderhandelen over de overgave van de troepen.

De Duitse officier vroeg:

“Welke voorwaarden wil je?

“De generaal wil vooral dat al zijn mannen als soldaten worden beschouwd en niet als sluipschutters. Hij wil ook dat de inwoners van Warschau die niet hebben deelgenomen aan de strijd, worden gerespecteerd.

"Ik zal mijn superieuren op de hoogte brengen van uw wensen", antwoordde de Duitser.

Bor-Komorowski ijsbeerde zenuwachtig door zijn kantoor. Het was de enige keer dat deze man, badend in sereniteit, zijn kalmte verloor. Plots kwam een van zijn assistenten de kamer binnen.

“De Duitsers accepteren onze voorwaarden.

Komorowski streek met zijn handen over zijn voorhoofd, alsof hij diep opgelucht was, en wendde zich toen tot zijn assistenten.

'Ik zal de overgave gaan tekenen in het kantoor van generaal Bach-Zelewski. Hij is degene die ons heeft verslagen.

Hij wendde zich tot zijn medewerkers en zei:

'Ik wil dat je de rebellen laat weten dat ik ze feliciteer met hun gedrag. Dat ze stuk voor stuk hun plicht hebben gedaan. Ze verdienden meer geluk, maar ik heb ze niet naar de overwinning kunnen leiden.

Toen stak hij zijn hand uit naar zijn assistenten. Ze schudden de rechterhand van die kalme en koude man. Toen, alleen gevolgd door een officier, ging hij op weg naar de Alexanderbrug. Stychel, nog steeds sprakeloos, zag hem passeren, met opgeheven hoofd, in zijn jas gestopt en zich met een donkere hoed bedekt.

Hij schoof op met een witte vlag naar het andere eind van de brug, waar een Duitse officier met een auto hem opwachtte. Ze klommen naar hem toe en richtten zich tot de Komandatur. De generaal opende zijn lippen niet tijdens de hele reis.

Bij het bereiken van de Komandatur sprong hij aan land en ging het kantoor binnen waar Schellenberg en Bach-Zelewski op hem wachtten. Ze stonden allebei in de houding en bogen hun hoofd.

"Ik denk dat de reden voor mijn bezoek heel duidelijk is", zei hij in het Duits. Ik wil zo snel mogelijk afronden.

Schellenberg liet hem een brief zien, geschreven in het Duits en Pools. Bor-Komorowski las het aandachtig en ondertekende het toen, zonder zijn lippen van elkaar te scheiden.

'Mijn assistent zal het bevel geven dat de rebellen zich binnen een uur overgeven.

Bach-Zelewski benaderde toen de ander. Die twee mannen, zo verschillend van elkaar, de een vurig en gedurfd, de ander koud en sereen, keken elkaar even aan. Eindelijk zei Bach-Zelewski:

"Generaal, net zoals ik het mijn plicht vond om met al mijn enthousiasme tegen u te vechten, kan ik u nu, van soldaat tot soldaat, zeggen dat ik u bewonder en dat ik uw mannen beschouw als een van de beste troepen die ik ben tegengekomen.

Bor-Komorowski boog, dankbaar uit de grond van zijn hart voor de lof die hij zijn troepen gaf aan de vijandelijke generaal die hen had omvergeworpen.

HOOFDSTUK XX

EINDE VAN EEN AVONTUUR

Op het afgesproken tijdstip, volgens het bevel van Bor-Komorowski dat door de assistent was doorgegeven, gaf het Poolse clandestiene leger zich over. Sommigen probeerden, toen ze het nieuws hoorden, te vluchten en verlieten Warschau, om zich bij de partizanen te voegen die nog steeds op het platteland rondsnuffelden, klaar om door te gaan met sabotage en clandestiene gevechten. Hiervan bereikten de meeste hun doel, maar sommige werden gevangen genomen door de Duitsers.

De rest, geleid door hun leiders, gaven zich over en gaven hun wapens in.

Duitse patrouilles rukten op door de steegjes van de Stare Miasto, op weg naar de commandoposten van de sectoren. De leiders wachtten stil en met samengetrokken trekken op hen. Van tijd tot tijd klonk nog steeds een geïsoleerd schot, maar de overgrote meerderheid van de partizanen wachtte, gewapend tegen arm, op het moment van overgave.

De Duitse patrouilles verspreidden zich, terwijl de opstandige troepen zich overgaven, hun wapens inleverden en een uitgebreide colonne vormden die op weg was naar het Komandatur-gebied.

Stil, verslagen, maar niet verslagen, marcheerden de partizanen, bewaakt door de Duitse politie, naar de concentratiegebieden om naar de gevangenkampen te worden gestuurd.

De troepen van Von Ritcher rukten op over de Alexanderbrug naar de commandopost van kolonel SS

Peter naderde het huis, half in puin, en vroeg:

'Waar is je baas?

Stychel kwam de hut uit en staarde naar zijn tegenstander. Zijn lippen trilden een oogenblik en toen antwoordde hij:

"Ik ben.

Peter en Stanislas staarden elkaar aan. Beiden leken uitgeput, zowel fysiek als moreel. Maar de kaken van de zegevierende Duitser ging trots omhoog, terwijl de pupillen van de Pool de ander met haat en woede aankeken.

'Ik wacht op de overgave van uw troepen. Ik ben luitenant-kolonel...

"Von Ritcher" onderbrak de ander.

Pieter knikte.

'Precies, kolonel Stychel.

Ze keken elkaar weer aan, schijnbaar onverstoorbaar. Beiden wisten dat de ander niet onbewust was van wie zijn gesprekspartner was.

“Je kent de clausules van de overgave al, ondertekend door generaal Bor-Komorowski. Ik hoop dat u ze zult naleven.

Stanislas aarzelde even, alsof hij niet wist wat hij moest doen. Toen wendde hij zich tot Noraczewski en beval:

'Laat de overgave beginnen.

Voordat de troepen zich daar verzamelden, rukten de Polen op en gaven hun wapens in. Toen ontmoetten ze elkaar in groepen, en aangezien deze talrijk waren, werden ze naar de andere kant van de rivier geleid. Stanislas en Peter keken elkaar zwijgend aan en verwachtten niet dat een van hen iets zou zeggen.

Plotseling werd een schot afgevuurd vanuit een nabijgelegen raam, waarbij een Duitse soldaat werd neergehaald. De "jagers" gooiden hun wapens naar hun gezicht en maakten zich klaar om de actie af te weren, terwijl enkelen hun geweren op de gevangenen en de partizanen hielden die zich overgaven. Peter hield hen tegen met een gebaar, aangevend:

'Ga op zoek naar degene die heeft geschoten. De anderen hebben geen schuld.

Een patrouille ging naar het gebouw, terwijl op een teken van von Ritcher de overgave volgde. In de verte klonken nog steeds geïsoleerde schoten. Duitse patrouilles rukten op met gemonteerde wapens door de steegjes en bezetten de posities die de partizanen bij de overgave hadden verlaten.

Op sommige punten lanceerden dieven en misdadigers zich op de verwoeste gebouwen, vertrouwend op de puinhoop die zich op dat moment had gevormd. Duitse troepen, soms geholpen door partizanen, achtervolgden en arresteerden de misdadigers.

Eindelijk werd de hele Stanislas-colonne ontwapend en gevangengenomen. In groepen werd ze overgebracht naar de andere kant van de rivier, om te worden opgenomen. Noraczewski en andere officieren hadden hun wapens al neergelegd en maakten zich op om te marcheren. Alleen Stanislas ontbrak.

Peter draaide zich naar hem om en stak zijn hand uit.

"Kolonel", zei hij, "zijn wapens.

Een flits van woede flitste door Stanislas' pupillen en hij bracht zijn hand naar zijn borst en trok een pistool. Hij haalde de trekker over en schoot neus aan neus op zijn rivaal. Het projectiel ging ongevaarlijk langs de jonge man. Peter deed een uitval naar de Pool en ontwapende hem.

De "jagers" draaiden zich om, op zoek naar de auteur van het schot.

'Het moet een sluipschutter zijn,' zei Von Ritcher. Toen beval hij Stanislas ": Kom met me mee.

Alleen gingen ze het gebouw binnen. Stychel staarde naar de jonge militair en, niet in staat zich langer in te houden, riep hij uit:

'Waarom vermoord je me niet?

"Ik heb verzwegen dat jij het was die had geschoten," zei Von Ritcher.

Stanislas klemde zijn kaken op elkaar.

'Wil hij me met zijn blote handen vermoorden?

Peter glimlachte bitter.

“Dat had ik al gedaan. Je hebt me redenen gegeven die me rechtvaardigen tegenover mijn bazen. Hij heeft me aangevallen na de overgave.

Wanhopig riep Stychel:

'Ik wil je geen gunsten verschuldigd zijn!

Peter, onverstoorbaar, vroeg:

'Een paar dagen geleden probeerde je me in een gevecht te vermoorden. Dus ik had een verklaring. Waarom wil je het nu doen?

Stanislas likte zijn lippen.

'Om dezelfde reden. Dus het was geen toeval, noch een kans op de oorlog. Ik schoot je neer, wetende wie je was, omdat ik je wilde vermoorden.

Peter vroeg kalm:

"Wil je me vertellen waarom?

Stychel keek hem even aan en zei toen:

'Je hebt een meisje vermoord. En ik hield van haar.

Langzaam antwoordde de Duitser:

“Ik hield ook van haar.

Stychel bewoog zich woedend naar de ander.

"Wat betekent het?

“Wat je hebt gehoord. Ik hield ook van haar, omdat ze mijn zus was.

Stanislas staarde hem verbaasd aan.

'Zijn zus? Maar als ze Zwitsers was.

De ander schudde zijn hoofd.

“Nee, Aleska von Ritcher was Duits zoals ik. Toen het gevecht uitbrak werd het aangeboden aan de Abwehr. Ik hoorde niets van haar, behalve een paar brieven, totdat ik haar enige tijd geleden in Warschau zag. Ik heb nooit iets anders gehoord. Toen ontdekte ik dat ze gestuurd was om de commandopost van de SS-kolonel te lokaliseren, zodat we hem konden arresteren.

Stanislas stapte naar voren.

"Waarom beschadig je je geheugen?

Peter schudde spijtig zijn hoofd.

"Zijn geheugen verwonden? Maar realiseer je je niet wat het betekent? Ze wist dat ze de commandopost zouden bestormen en ze stapte voor je uit om als je schild te dienen. Eerst vervulde hij zijn vaderland en zijn plicht. Toen voldeed ze aan jou "Omdat ze ook van jou hield. Ik kon er niets aan doen, het bleek toen ik de trekker al had overgehaald en ik de ontploffing niet kon stoppen. Ik realiseerde me op dat moment. Ze wilde samen met jou sterven, als er iets met haar zou gebeuren .

Stanislas liet zijn hoofd zakken. Hij zweeg even en riep toen uit:

"Dus alles is anders.

Pieter knikte.

'We hebben haar al begraven. Ik vertrek binnenkort naar het Russische front. Ik ga nog een laatste keer bloemen op haar graf leggen. Als je wilt, doe ik het ook voor je.

Stanislas knikte. Toen stak hij zijn hand uit naar Peter, die hem zwijgend schudde.

Vanuit het raam keek von Ritcher toe hoe Stychel zich bij een colonne gevangenen voegde en wegliep over de Alexanderbrug.

EINDE

www.ingramcontent.com/pod-product-compliance
Lightning Source LLC
LaVergne TN
LVHW101950220826
846093LV00006B/170

* 9 7 9 8 2 0 1 2 6 4 9 3 2 *